철백 新무협 판타지 소설

FANTASTIC ORIENTAL HEROES

대무사 9

철백 新무협 판타지 소설

초판 1쇄 찍은 날 § 2016년 7월 25일
초판 1쇄 펴낸 날 § 2016년 8월 1일

지은이 § 철백
펴낸이 § 서경석

편집책임 § 이지연

펴낸곳 § 도서출판 청어람
등록번호 § 제387-1999-000006호
등록일자 § 1999. 5. 31
어람번호 § 제2-2673호

주소 § 경기도 부천시 원미구 부일로 483번길 40 서경B/D 3F (우) 14640
전화 § 032-656-4452 팩스 § 032-656-4453
http://www.chungeoram.com
E-mail § chungeorambook@daum.net

ISBN 979-11-04-90909-2 04810
ISBN 979-11-04-90570-4 (세트)

철백 新무협 판타지 소설

FANTASTIC ORIENTAL HEROES

大武士

대무사

9

도서출판 청어람

大武士
대무사

目次

第一章

개회(開會)

“굳이 통성명을 나눌 필요는 없을 것 같구만.”

제일 상석에 앉은 백염도제 탁염홍의 말에 흑마신 좌무기는 예의 오만한 표정으로 말했다.

“어차피 시간 낭비일 뿐이니까.”

“저도 동의합니다.”

현 무림을 좌지우지할 수 있는 세 절대자의 말에 중인은 일제히 긴장했다.

거두절미하고 바로 본론으로 들어가다니.

누가 먼저 어떤 말을 던지느냐에 따라서 회의 분위기는 판이하게 달라질 터.

모두가 서로의 눈치만 살피는 와중에 담천기는 남모르게 한쪽을 곁눈질했다.

그의 시선을 받은 것은 제갈수련, 정확히는 그녀의 뒤에 서 있는 이신이었다.

'이런, 쓸데없이 호기심을 산 건가?'

방금 전, 담천기가 기세를 퍼뜨린 것은 기선 제압의 의미도 있지만, 정확히는 무림맹과 천사련의 전력을 직접 파악하고자 하는 목적이 컸다.

그렇다 보니 단순히 혼자서 기세를 버티는 것을 넘어서 제갈수련을 덮치던 기세마저 단숨에 옆으로 흘려버린 이신의 한 수는 결코 범상치 않다고 볼 수 있었다.

그런 이신의 정체를 파악하려는 듯 잠깐이나마 마주친 담천기의 시선은 실로 날카로웠다.

하나 정면으로 그와 눈이 마주쳤음에도 정작 이신은 눈 하나 깜짝하지 않았다.

지금의 그는 담천기의 유일한 지기인 이신이 아니라 생판 남인 제갈수련의 호위무사였다.

거기다 혹여 역용술을 들킬지언정 자신의 정체까지 들키지는 않을 것이기에 그는 더더욱 당당하게 행동했다.

그런 그의 능청스러움에 속은 듯 담천기도 이내 시선을 거두었다.

이신의 정체가 못내 궁금하긴 했지만, 그거야 나중에 개인적으로 알아보면 그만이었다.

그보다 지금은 눈앞의 회의에 집중해야 할 때였다.

때마침 탁염홍이 자신의 상징인 탐스러운 백염을 쓰다듬으면서 입을 열었다.

"오늘 이 자리가 뭐 때문에 만들어졌는지는 모두 다 아실게요. 혹 하실 말씀이 있는 분이라면 허심탄회하게 말씀해 보시구려."

최근 일어난 다수의 멸문지사. 그 뒤의 숨겨진 진실을 파헤치는 것이 이번 정사마 대회합의 목적이었다.

또한 이번 멸문지사에 마교가 관련되어 있는지의 여부에 대해서 이야기하는 자리이기도 했다.

그래서일까?

탁염홍의 말이 끝나기 무섭게 몇몇 사람이 안광을 번뜩이면서 담천기 쪽을 노려봤다.

그들은 이번에 멸문한 문파들의 생존자, 혹은 멸문한 문파와 가까운 관계에 있던 자들이었다.

당연히 할 말은 많았다.

오히려 그것을 어떻게 추려서 말해야 할지가 문제였다.

그러다 세모꼴 얼굴의 뱁새눈 사내가 처음으로 포문을 열었다.

"본인은 은검산장(銀劍山莊)의 소장주이자 무림맹의 순찰당주를 맡은 초 모라고 하오. 불행히도 본인은 무림맹에서의 직무를 수행하느라 뒤늦게 본 장의 멸문에 대해서 알게 되었소."

은검산장이라는 말이 나오자마자 장내가 술렁거렸다.

뱁새눈 사내, 초무상이 속한 은검산장은 최근 들어서 강남 지역에서 알아주던 중견 세력이었다.

소장주인 초무상이 무림맹 순찰당주라는 지위에 오른 게 그 증거였다.

그랬던 은검산장이 지금은 한낱 잿더미로 화하고 말았으니 실로 안타까울 따름이었다.

초무상은 애써 울컥하는 것을 참으면서 말했다.

"마교의 천마께 단도직입적으로 묻겠소. 혹 그대는 유백언이란 자를 아시오?"

"유백언?"

담천기가 의아한 얼굴로 반문하자 초무상이 아랫입술을 살짝 깨물면서 말했다.

"그는 본 장을 초토화시킨 일당의 수장이며 동시에 마교의 사혼대(邪魂隊) 칠조장이오."

"사혼대의 조장?!"

순간 장내가 술렁거렸다.

비록 묵룡대나 귀령대보다 한 끗 아래로 취급받지만, 엄연히 그들 역시 마교의 정규 타격대 중 하나였다.

정마대전 때나 나름 활약한 터라 그 이름을 모르는 이는 거의 없었다.

한데 그냥 사혼대 소속의 일개 무인도 아니고, 무려 조장 중 하나가 은검산장의 멸문에 관련되어 있다니.

이윽고 초무상은 품에서 철패 하나를 꺼내 들면서 마저 말을 이었다.

"그자의 신분패요. 어디 진짜인지, 아닌지 직접 확인해 보시오."

그의 말이 끝나기 무섭게 수중의 철패가 저절로 담천기 쪽으로 쏜살같이 날아갔다.

눈에 보이지 않는 무형지기를 이용한 허공섭물의 수법이었다.

철패는 정확하게 담천기의 코앞에서 멈춰 섰고, 담천기는 묵묵히 철패를 꼼꼼히 살펴봤다.

그러고는 그의 뒤에 말없이 시립하고 있던 사마결에게 철패를 넘겼다.

넘겨받은 철패의 앞뒤를 자세히 살펴보던 사마결은 남몰래 혀를 내찼다.

'허, 진짜로군.'

분명 사혼대 조장급에게만 지급하는 신분패였다.

철패에 음각된 글자 가운데 오직 마교의 관계자만 해독 가능한 암어가 포함되어 있다는 게 그 증거였다.

빼도 박도 못하는 물증의 등장 앞에 장내가 어수선해졌다.

설마 마교가 관련되어 있을까 하던 분위기가 어쩌면 마교가 관여되어 있을지도 모른다는 쪽으로 뒤바뀌었다.

초무상은 그러한 주변의 분위기를 등에 업은 채로 말했다.

"말해보시오. 정녕 이번 일과 마교가 아무 관련이 없는 것이오?"

딴에는 질문이었지만, 사실상 추궁에 가까웠다.

담천기를 바라보는 초무상의 눈빛도 더없이 매서웠다.

그는 담천기의 대답 여하에 따라서 당장에라도 허리춤의 검을 뽑고 달려들 기세였다.

반면 담천기는 느긋하게 팔짱을 끼면서 말했다.

"그대가 제시한 것이 본 교에서 발행한 신분패임은 분명하다. 하나 고작 그것만으로 귀장의 일과 본 교를 연관 짓는 건 다소 성급한 판단 같군."

"뭣이?"

순간 초무상의 이마 위로 실핏줄이 돋아났다.

버젓한 물증이 있음에도 부인하다니.

초무상은 애써 화를 삭히면서 말했다.

"그럼 이건 어찌 설명할 것이오?"

초무상은 품 안에서 서찰 하나를 꺼내들었다.

이에 장내의 사람들은 그것이 말로만 듣던 천마의 밀지임을 대번에 알아봤다.

앞서 제시한 신분패와 마찬가지로 이번 멸문지사와 마교가 서로 연관이 있다는 것에 대한 대표적인 물증 중 하나였으니까.

초무상이 밀지를 꺼내들기 무섭게 담천기는 비릿한 미소를 머금었다.

"그깟 종이 쪼가리가 뭐 어쨌다는 건가? 본좌는 그딴 말도 안 되는 밀지 따윈 내린 적이 없다."

거듭 담천기가 단호하게 부인하자 초무상은 순간 울컥하면서 외쳤다.

"그럼 천마께서는 귀 교의 사혼대가 귀하의 재가도 없이 멋대로 움직였다는 것이오?"

"응?"

내내 여유롭던 담천기의 표정이 처음으로 일그러졌다.

초무상의 질문은 해석하기에 따라서 담천기가 아직 마교 내부를 완전하게 장악하지 못한 게 아니냐는 비아냥거림으로도 볼 수 있었기 때문이다.

더욱이 아직 천마의 자리에 즉위한 지 얼마 안 된 담천기의 입장에서는 실로 민감하기 짝이 없는 질문이었다.

담천기의 얼굴이 굳어지는 것과 동시에 뒤에 시립하고 있던 사마결이 입을 열었다.

"초 당주, 그대가 하나 간과하고 있는 사실이 있네."

"무슨 말이오, 그게?"

초무상의 반문에 사마결은 마치 미리 준비해 놨다는 듯 청산유수처럼 말을 쏟아냈다.

"원래 본 교에서는 다음 대 천마가 자리를 계승받으면, 그 후 천마전에서 전대 천마께 가르침을 받게 되는 게 전통일세. 이건 여기 있는 대부분이 아는 사실이네."

사마결의 말마따나 정확하게 어떠한 가르침인지까지는 알려지지 않았지만, 다음 대의 천마가 전대 천마로부터 일종의 가르침을 받고자 폐관 수련에 들어간다는 소문은 익히 잘 알려진 사실이었다.

그리고 직접적으로 언급된 적은 없지만, 그것이 오직 천마만 익힐 수 있는 천마지존공에 대한 가르침일 가능성이 높다는 게 일반적인 중론이었다.

"때문에 천마께서는 지난 한 달 간, 본 교의 내정에는 일절 관여조차 하지 않았네. 아니, 미처 할 새가 없었다는 게 맞겠지."

정사마 대회합이 열리기로 결정한 것은 지금으로부터 보름.

그것까지 따지더라도 담천기가 마교 내부를 수습하기엔 시간이 너무 촉박했다.

이렇게 사마결은 사혼대가 멋대로 움직일 수 있던 배경에 대한 설명은 물론이거니와, 이번 일과 담천기가 서로 아무런 관련이 없다는 것까지 자연스레 피력했다.

거기에 천마와 그의 내부 통제력에 대한 의심 역시 종식시켜 버렸다.

사마결의 말이 끝나기 무섭게 몇몇 중진이 고개를 끄덕였다.

비록 중진은 아니었지만, 이신 또한 내심 고개를 끄덕였다.

'역시 사마 총사로군. 아주 빈틈없이 논리를 펼치고 있어.'

덕분에 물증 두 가지를 가지고 천마를 압박하려던 초무상은 졸지에 닭 쫓던 개 신세가 되고 말았다.

이에 이신의 시선은 저절로 제갈용연 쪽으로 향했다.

초무상이 나선 것은 그가 멸문지화를 당한 문파 관계자이기도 했지만, 뭣보다 제갈용연의 입김 탓이 컸을 것이다.

은검산장의 소장주이기에 앞서 그는 무림맹의 순찰당주이기도 하니까.

엄연히 자신보다 상관인 제갈용연의 명에 거역할 수 있을 리 없었다.

물론 저리 분을 못 이겨서 몸을 부르르 떠는 것은 제갈용연의 명령과는 전혀 별개겠지만 말이다.

아무튼 이후로 제갈용연이 어떤 식으로 질문을 던지느냐가 중요했다.

이미 앞서 두 가지의 물증이 증거로서의 효력이 낮다는 것은 입증되었다.

이 상태서 마교를 압박하려면 보다 그들이 예상치 못한, 그리고 부정하기 어려운 물증과 정황이 필요했다.

그게 아니면 이대로 이번 일과 마교가 전혀 무관하다는 식으로 결론이 날 수밖에 없었다.

'생각이 있다면, 그런 식으로 이야기를 끌고 가야 하는데……'

흑월이라는 존재에 대해서 이미 알고 있는 제갈용연이었다.

이참에 그들에 관한 정보를 완전히 터놓고 밝힌 후, 전혀 새로운 국면으로 이야기를 진행시키는 게 더 나을 수도 있었다.

하나 장내의 분위기는 이신의 생각과는 조금 다르게 흘러갔다.

그 시작은 가만히 대화를 듣고만 있던 천사련주, 흑마신 좌무기가 대뜸 입을 열면서부터였다.

"천마가 폐관에 들어갔다가 나온 게 정녕 이번 일이 일어난 뒤인가?"

그의 예상치 못한 지적에 사마결은 살짝 눈살을 찌푸렸다.

"무슨 말씀이 하고 싶으신 게요, 좌 련주."

"까놓고 말하지. 만약에 너희 마교가 작정하고 천마의 출관 시기를 속인 거라면, 앞서 말한 말들은 성립될 수가 없지. 어때, 본좌의 말이 틀렸나?"

확실히 좌무기 말대로 마교에서 천마의 출관 시기를 의도적으로 속였다면, 시기상으로 천마가 내정에 관여할 수 없었다는 사마결의 말은 모두 거짓이 된다.

이른바 부재증명의 불성립이었다.

사마결은 헛바람을 토해내면서 말했다.

"허, 어처구니가 없군. 뭐 때문에 우리가 그런 짓을 한단 말이오? 설마 좌 련주께서는 정말로 이번 일과 본 교가 관련이 있다고 생각하는 것이오?"

사마결의 반문에 좌무기는 히죽 웃으면서 말했다.

"사실이라는 증거는 없지만, 그렇다고 해서 거짓이라는 증거 또한 없는 게 현실이니까."

'이자가……?'

나름 자신의 논리에 빈틈이 없다고 여겼는데, 설마 저런 식의 반론이 들어올 줄이야.

거기다 장내의 중인은 좌무기의 말에 솔깃한 듯 다시금 의심스러운 눈빛으로 담천기 등을 바라봤다.

이래서야 앞서 초무상과의 설전이 무의미해지는 꼴이었다.

거기에 사마결이 뭐라고 대꾸하기도 전에 미처 예상치 못한 인물이 좌무기의 말을 이어받았다.

"확실히 노부도 그 점이 의심스럽긴 하군. 사마 총사께서는 천마의 출관 시기를 정확하게 입증할 만한 증거가 있으신가?"

백염도제 탁염홍의 뜻밖의 지원 사격!

사전에 서로 말을 맞추지 않는 한, 이런 식으로의 연계 공격은 불가능했다.

지켜보던 이신의 눈매가 가늘어졌다.

'설마 이 작자들이 지금……?'

좌무기 때는 혹시나 했지만, 탁염홍이 가세하는 순간 모든 게 명확해졌다.

무림맹과 천사련.

두 집단은 지금 손을 잡고 마교를 궁지에 몰아넣으려는 것이었다.

그리고 그렇게 하는 이유도 얼추 예상되었다.

일단 막다른 골목에까지 몰아넣은 다음, 이참에 자신들의 입맛대로 마교를 강제하려는 것이다.

물론 마교의 무죄를 입증해 주는 대가로 말이다.

'당장 흑월에 대한 조사와 견제에 들어가도 시급한 마당이거늘, 이따위 유치한 권력 다툼이나 하다니.'

이신의 눈살이 절로 찌푸려졌다.

좌무기는 그렇다 치더라도 설마 청렴결백한 인상의 탁염홍까지 저럴 줄이야.

바로 그때, 한 줄기의 차가운 음성이 장내에 울렸다.

"늙은이 두 명이서 아주 잘들 노는구만."

음성의 주인은 다름 아닌 천마 담천기였다.

일순 주위가 싸늘해졌다.

담천기의 예상치 못한 말이 가져온 파급 효과였다.

하나 침묵도 잠시, 이내 장내가 소란스러워졌다.

"저, 저저……!"

"어찌 저런 천박한 말투로!"

"천마께서는 예의를 모르는 것이오!"

이성을 회복하기 무섭게 사람들은 일제히 담천기를 향해서 비난 어린 말을 쏟아냈다.

그것이 보통 사람의 반응이었다.

하나 탁염홍과 좌무기의 반응은 달랐다.

주변의 소란은 아랑곳없이 탁염홍은 어디 계속해 보라는 듯 여유로운 미소를 지었고, 좌무기는 위에서 아래로 내려다보는 오만한 눈빛으로 담천기를 바라봤다.

그들은 엄연히 말해서 담천기와 같은 위치이되 같은 위치가 아니었다.

두 사람이 생각하는 자신과 같은 급의 인물은 오직 단 한 명, 전대 천마 담무광뿐이었다.

물론 그 외에도 딱 한 명, 예외가 있긴 했지만, 그건 그들의 가슴 깊숙한 곳에 묻어둬야 할 치욕스러운 기억이었다.

아무튼 기껏해야 서른 안팎의 애송이가 하는 말에 울컥할 만큼 두 사람의 수양은 얕지도 않거니와, 귀에도 잘 들어오지도 않았다.

그저 이후 담천기의 반응이 궁금해서 잠시 귀 기울이는 척하는 것에 불과할 뿐이었다.

한편 이신은 자신도 모르게 걱정스러운 눈초리로 담천기를 바라봤다.

'천기, 어쩌자고…….'

분명 생각이 있어서 저리 나온 것이긴 할 것이다.

문제는 그 생각이 무엇인지 쉬이 파악할 수 없다는 것.

그렇다 보니 담천기가 작금의 사태를 어찌 수습할지가 관건이었다.

모두가 지켜보는 가운데, 담천기가 입을 열었다.

"이봐, 늙은이들. 자기네 집 안에 숨어 들어온 벌레 하나조차 제대로 잡지 못하는 주제에 지금 누가 누굴 의심하는 거지?"

"집 안의 벌레?"

"갑자기 무슨 소릴……?"

중진들은 담천기의 뜬금없는 말에 의아해했다.

하나 탁염홍과 좌무기, 그리고 몇몇 중진의 표정은 단번에 싸늘하게 굳어졌다.

담천기가 언급한 집 안의 벌레.

그건 작금의 무림에 암약하는 암중 세력, 흑월을 의미하는 것이었다.

아직까지 그들의 존재는 공식적으로 무림에 알려지지 않았다.

혹여 어설프게 건드렸다가는 여느 암중 세력이 그러하듯 흑월이 통째로 어둠 깊숙한 곳까지 숨어버릴 가능성이 높았기 때문이다.

이에 확실하게 흑월의 본거지를 파악하기 전까지는 가급적 흑월에 대한 것은 함구령까지 내린 상태였다.

물론 더욱 솔직하게 말하자면 무림맹이나 천사련 쯤 되는 규모의 단체에서 그런 암중 세력 하나 색출해 내지 못했다는 류의 비난을 피하려는 목적이 더 컸다.

한데 그런 비밀을 담천기가 아무렇지 않게 모두의 앞에서 폭로해 버리고 말았으니 어찌 당황하지 않겠는가.

그런 주변의 당황은 아랑곳하지 않은 채 담천기는 말을 이어 나갔다.

"혹 당신네들이야말로 뒤에서 몰래 그 벌레들과 손을 잡은 거 아닌가? 그래서 본 교를 이리도 핍박……."

"세상에는 해도 될 말과 안 되는 말이 있는 법이다, 애송이."

돌연 좌무기가 담천기의 말을 중간에서 뚝 끊어버렸다.

그는 더없이 싸늘한 눈빛으로 담천기를 노려보면서 말했다.

"뭐? 본 련과 무림맹이 어쩌고 저째? 어찌 너희 마교가 한 짓임에도 아니라고 발뺌하는 것이냐? 거기다 벌레라니, 어디서 그런 말도 안 되는 헛소리를……."

"환혼빙인."

"……!"

당장에라도 담천기를 씹어 삼키듯이 말을 내뱉는 것도 잠시, 담천기가 내뱉은 한 마디에 좌무기의 입이 거짓말처럼 꽉 다물어졌다.

중인 가운데서도 몇몇이 아— 하면서 탄성을 내질렀다.

그러고 보니 몇 달 전쯤 무한 땅에서 천사련과는 전혀 상관없는 환혼빙인이 나타난 적이 있었다.

당시에도 그 일은 꽤나 화제가 되었고, 곧 사건의 흉수로 지목된 구양세가의 전대 가주 환혼시마를 무림맹에서 호송하는 것으로 사건은 일단락되었다.

담천기가 언급한 환혼빙인도 아마 그때의 환혼빙인을 일컫는 것이리라.

한데 그 일 뒤에 세인들이 미처 모르는 숨겨진 진실이 있었단 말인가?

거기다 앞서 벌레니, 뭐니는 다 헛소리라고 일축하려다가 돌연 입을 다물어 버린 좌무기의 모습도 심히 좌중의 마음에 걸렸다.

이어서 담천기의 시선이 조용히 자신의 백염만 쓰다듬고 있는 탁염홍에게로 향했다.

"당신도 크게 다르지 않을 텐데, 탁 맹주?"

담천기의 물음에 백염을 쓰다듬던 탁염홍의 손길이 순간 멈칫했다.

하나 곧 언제 그랬냐는 듯 다시 수염을 매만지면서 말했다.

"글쎄, 노부는 자네가 무슨 소리를 하는지 전혀 모르겠구만."

"역시 끝까지 시치미를 뗄 셈인가?"

담천기는 내심 그럴 줄 알았다는 표정으로 탁염홍을 노려봤다.

이에 탁염홍은 허허 웃으면서 말했다.

"이보게, 담 교주. 뭔가 오해가 있는 모양인데, 사실 본 맹에서는……."

"금와방."

"……!"

순간 탁염홍의 말문이 턱 막혔다.

좌무기의 뒤를 이어서 그 역시도 담천기의 한 마디에 입을 꽉 다물고 만 것이다.

이에 지켜보던 사람들은 자기들끼리 소곤거리기 시작했다.

"어이, 이봐, 금와방이라면 분명 무한의 유가장과의 생사결에서 패한 뒤에 멸문했다는 그곳 아닌가? 알고 보니 방주가 가짜였다는……."

"그러고 보니 예의 환혼빙인이 나타났다는 곳도 무한인데… 어? 잠깐? 내 기억이 정확하다면 그 환혼빙인을 부린 장본인이 바로 그 가짜 금와방주였을 텐데? 설마……?"

아직 흑월이란 이름은 한 마디도 나오지 않았다.

그러나 지금까지의 대화를 듣고 있던 중인은 뭔가 이야기가 이상하게 돌아가고 있다는 것을 느꼈다.

금와방과 환혼빙인.

얼핏 들으면 전혀 연관이 없을 것 같은 두 단어가 이상하게 서로 맞물리고 있었다.

이에 금와방 건과 환혼빙인 건이 어쩌면 동일범 혹은 동일 세력의 소행일지도 모른다는 추측과 함께 앞서 담천기가 말한 쥐새끼가 혹 그들을 지칭하는 게 아닌가 하는 생각이 들었다.

그렇지 않고서야 두 사건을 언급하기 무섭게 탁염홍과 좌무기의 입이 꽉 다물어질 이유가 없었다.

그리고 앞서 담천기의 말과 탁염홍 등이 보인 반응으로 미루어 보건데, 무림맹과 천사련의 각 수장과 몇몇 중진은 이미 그에 대한 정보를 알고 있었을 가능성이 매우 높았다.

아니, 단순히 그 정도가 아니었다.

자신들 모르게 그 단체에 대해서 조사하고 있었을지도 모른다.

거기서 더 나아가서 생각하자 어쩌면 최근에 벌어진 멸문지사 역시 그들과 관련 있을지 모른다는 결론에까지 이르렀다.

그러자 몇몇 중진의 시선이 저도 모르게 탁염홍과 좌무기에게로 향했다.

만약 이 모든 추측이 정말로 사실이라면, 두 사람은 엄연히 찾아야 할 진범이 따로 있음에도 괜히 엉뚱한 사람에게 혐의를 뒤집어씌우려고 했다는 소리가 아닌가?

그것도 자신들을 감쪽같이 속인 채로!

그것만으로도 분노를 금할 수 없는 노릇인데, 담천기가 보란 듯이 결정적인 쐐기를 딱 박아버렸다.

"이미 다 알고 있잖아? 이 모든 일의 뒤에 멸문한 것으로 알려진 혈교와 배교의 후예들이 깊게 관련 있다는 것을? 그리고 당신네들 사이로 숨어든 쥐새끼들의 정체도 그와 무관하지 않을 텐데?"

쾅!

과격한 주먹질과 함께 황색 무복 차림의 거한이 자리에서 벌떡 일어났다.

황보세가의 당대 가주, 권패 황보철이었다.

평소 차분하면서 어느 때에도 이성적으로 행동하기로 유명한 그는 마치 얼음장처럼 싸늘한 눈빛으로 탁염홍을 노려봤다.

"지금 교주가 한 말이 사실이오, 맹주?"

"진정하시게, 가주. 지금 아무것도 모르는 한낱 애송이의 말 따위를 진심으로 믿는 건……."

"애송이가 아니오!!!"

황보철이 버럭 소리를 지르며 탁염홍의 말을 중간에 끊어버렸다.

이에 탁염홍은 순간 꿀 먹은 벙어리가 되고 말았다.

원래 다혈질적인 사람이 화내는 것보다 항상 조용히 있던 사람이 화낼 때가 더 무서운 법.

더욱이 남궁세가가 봉문한 지금, 황보세가는 나머지 오대세가의 수장과도 같은 위치였다.

어떤 면에서 보자면 황보철이야말로 무림맹의 진정한 실세라고 볼 수 있었다.

그런 자가 대놓고 목소리를 높이니 제아무리 탁염홍일지라도 중간에 제지하기가 어려운 법.

장내가 조용해진 가운데, 황보철의 말이 이어졌다.

"맹주와 마찬가지로 그 또한 엄연히 한 단체의 대표이자 수장이요. 마땅히 그에 대한 예우를 해도 시원찮을 마당에 어찌

나이가 어리다는 이유만으로 함부로 그를 무시하고, 심지어 그의 의견을 묵살할 수 있단 말이오?"

"으음! 이보시오, 가주. 노부의 말은 그런 게 아니라……."

"진정 그것이 백도의 명숙으로서 올바른 자세라고 생각하시오?"

"허!"

탁염홍이 어떻게든 뭐라고 대꾸하려고 했지만, 황보철의 계속되는 원론적인 지적 때문에 계속 목구멍 아래서 맴돌기만 할 뿐이었다.

그런 답답함은 비단 그 혼자서만 느끼는 게 아니었다.

좌무기 역시도 그와 비슷한 추궁을 천사련의 중진들에게서 받고 있었다.

아니, 숫제 비난에 가까웠다.

정파보다도 사파는 더욱 약육강식에 가까운 세계였다.

하니 평소에 그의 자리를 탐내던 자들은 좀체 보이지 않던 좌무기의 빈틈을 매섭게 물어뜯어 댔다.

아까 전에 모두가 마교를 의심하던 때와는 완전히 뒤바뀐 상황.

이 모든 게 담천기의 말 몇 마디가 낳은 결과였다.

이신은 내심 혀를 내찼다.

'이걸 노린 거였군.'

앞서 담천기의 돌발 행동이 그제야 모두 이해가 되었다.

담천기가 과격한 말투를 구사한 것은 자연스레 좌중의 이목을 집중시키기 위한 일종의 연기였다.

거기에 모두가 비밀로 하고 있던 흑월에 관한 것을 폭로하는 것은 물론이거니와, 거기에 마지막으로 결정적인 쐐기까지 박아 넣음으로써 탁염홍과 좌무기에 대한 모두의 신뢰를 불신으로 뒤바꾸고 말았다.

더 놀라운 것은 이 모든 것이 절대로 즉흥적으로 벌어진 게 아니라 엄연히 철저한 계산하에 행해졌다는 사실이었다.

이신의 시선이 슬쩍 담천기의 뒤에 시립한 사마결에게로 향했다.

그는 확연히 티는 내지 않았지만, 아까 전보다 한결 부드러운 눈빛으로 담천기를 바라보고 있었다.

'역시나.'

사마결은 철저한 인간이었다.

그런 그가 담천기의 돌발 행동을 가만히 내버려 둔 것부터가 이미 사전에 이야기된 사항이었다는 걸 의미했다.

물론 어디까지나 참조 수준이었을 것이다.

지금의 결과를 이룬 것은 엄연히 담천기 본인의 기량과 배짱이 크게 작용했다고 봐야 했으니까.

'하여간 그 아버지에 그 아들이군.'

파격적인 언행도 그렇거니와, 그러는 와중에도 본질을 놓치지 않고 상대의 빈틈을 노리는 모습은 딱 전대 천마인 담무광 그 자체였다.

어쩜 이리도 부자가 똑같이 행동할 수 있단 말인가?

덕분에 탁염홍과 좌무기 등은 혼란 그 자체였다.

설마 담천기가 이리 치고 나올 줄은 그들도 미처 예상하지 못했을 테니까.

아무튼 이로써 담천기가 단순히 무공만으로 천마의 자리에 오른 게 아님이 만천하에 입증하였다.

담천기나 마교 입장에서는 꽤나 적잖은 이득을 본 셈.

'이제 남은 것은……'

흑월에 대한 정보를 어떻게 모두에게 공개하느냐는 것이었다.

물론 여기서 흑월에 대해서 가장 잘 아는 사람은 이신이었지만, 굳이 그걸 밝힐 이유는 없었다.

어차피 그가 아니더라도 담천기가 알아서 밝힐 기세였으니까.

이신은 그저 상황을 지켜보기만 하면 된다.

그렇게 생각하고 있을 때였다.

우우우웅—!

돌연 이신의 귓가에 울리기 시작하는 공명음!

그것은 심장 어림의 배화륜이 무언가와 반응하면서 나오는 소리였다.

그 무언가가 성화의 기운임은 굳이 말하지 않아도 알 수 있는 사실이었다.

'도대체 어디에……?!'

내심 경악하면서 주변을 두리번거리던 이신의 시선이 곧 한 곳에서 멈추었다.

생각보다 빨리 찾은 셈이었다.

하나 그는 안도하는 대신 믿을 수 없다는 얼굴로 속삭였다.

"왜 네가……!"

성화의 기운을 품은 자.

그는 다름 아닌 담천기였다.

갑작스러운 이신의 말에 제갈수련이 의아한 표정으로 그를 바라봤다.

그리고 무슨 일이냐고 물어보려는 찰나, 담천기의 눈이 돌연 붉은빛으로 물들었다.

第二章
폭주(暴注)

"으음……!"

나지막한 침음성과 함께 담천기는 저도 모르게 한 손으로 이마를 매만졌다.

갑작스러운 그의 행동에 사마결이 의아한 표정으로 말했다.

"어디가 편찮으십니까, 천마시여."

"아, 아니. 그런 게 아니다. 그저 가벼운 두통이… 으윽!!"

괜찮다고 하려고 했으나, 이내 담천기는 괴로운 신음성을 내뱉으면서 옆으로 쓰러졌다.

이에 사마결은 얼른 그를 부축하였다.

"소공!"

순간 사마결은 저도 모르게 담천기를 소공이라고 불렀다.

그의 진짜 주공은 어디까지나 전대 천마 담무광이었으니 그렇게 구분 지어서 부르는 게 당연했다.

그래도 오늘은 정사마 대회합인만큼 공식적인 자리에서는 천마로서 담천기를 대우해 주고 있었는데, 그만 당황한 나머지 실수하고 만 것이다.

하나 그 사실을 미처 인지하지 못할 만큼 사마결은 몹시 당황했다.

'도대체 소공에게 무슨 일이 일어났단 말인가?'

전대 천마인 담무광도 이전에 망혼초 독에 의해서 쓰러진 전례가 있었기에 허투루 넘길 수 없었다.

사마결은 재빨리 자신의 호위 무사에게 담천기를 넘긴 뒤, 의아하게 바라보는 장내의 중인에게 양해를 구했다.

"잠깐만 회의를 중단해도 되겠소이까? 지금 본 교의 천마께서 몸이 약간 편찮으……."

퍼벅—!

사마결의 말이 채 끝나기도 전에 수박 깨지는 듯한 둔탁한 소리가 그의 귓전으로 파고들었다.

동시에 중인 모두는 차마 믿기지 않는다는 표정으로 바라봤다.

힘없이 늘어서 있던 담천기가 갑자기 자신을 부축하고 있던 호위 무사의 머리를 일장에 깨부수는 광경을 말이다.

"꺄, 꺄아아아아악!!"

그들이 다시 현실로 되돌아온 것은 한 시비의 찢어지는 비명 소리가 막사 전체에 울려 퍼질 때쯤이었다.

"크윽!"

"도대체 이 무슨……!"

모두 이해할 수 없다는 표정으로 담천기를 바라봤다.

난데없이 호위 무사의 머리를 깨부수다니.

심지어 자신을 부축하던 이가 아닌가.

좌중의 분위기가 당황과 공포로 물든 가운데, 황보철이 외쳤다.

"뭐 하는 짓이오, 천마! 지금 제정신이오?!"

그의 외침에 피로 물든 손을 멍하니 내려다보던 담천기의 시선이 황보철에게로 향했다.

그 순간, 황보철은 저도 모르게 움찔했다.

자신을 바라보는 담천기의 두 눈이 전과 달리 기이할 정도로 검붉었기 때문이다.

마치 핏물이 말라 굳은 것처럼…….

하나 다른 무엇보다 황보철을 움찔하게 만든 것은 그 한 쌍의 혈안에 깃든 무지막지한 양의 사기(邪氣)였다.

'이 무슨 사악한……!'

일반적으로 마기가 상대로 하여금 압도적인 기세로 굴복시키는 패도지력(覇道之力)인 반면, 사기는 인간 본연에 잠재된 공포심과 욕망을 자극케 하는 요마지력(妖魔之力)이었다.

한데 어찌 마중마(魔中魔)라 불리는 천마에게서 이토록 강렬한 사기가 느껴진단 말인가?

천사련의 수장인 흑마신도 이 정도까지는 아니었다.

더욱이 결정적으로 혈안의 담천기에게서는 좀 전까지의 총명함이나 이지는 눈곱만큼도 찾아볼 수 없었다.

마치 뭔가 조종당한다는 느낌에 가까웠다.

하지만 황보철이 뭐라고 입을 열려는 찰나, 멍하니 서 있던 담천기가 갑자기 괴성을 내질렀다.

"으아아아아아아아악—!!"

괴성과 함께 모두의 시야에서 사라지는 담천기의 신형!

동시에 황보철과 몇몇 고수가 한꺼번에 입을 모아서 천사련 측의 중진들이 모여 있는 곳을 향해서 외쳤다.

"피해!!"

그 외침에 그들은 반사적으로 반응했다.

하지만 그들이 반응하는 것보다 사라진 담천기의 신형이 그들 사이로 다시 나타나는 게 훨씬 더 빨랐다.

"헉!"

"비, 빌어먹을!"

순간 당황했지만, 곧 자신들의 숫자가 훨씬 우세하다는 것을 깨달은 중진들.

그들은 따로 말하지 않았음에도 일제히 담천기를 원형으로 둘러싼 뒤, 재빨리 합공을 펼쳤다.

그리고 막 한 중진의 장검이 담천기의 몸에 닿으려는 순간, 그의 목 아래로 혈선 하나가 그어졌다.

"어……?"

천사련 중진은 이해할 수 없다는 듯한 표정과 함께 외마디 음성을 내뱉으면서 그대로 목과 몸이 분리되었다.

챙그랑—

그가 들고 있던 검이 바닥에 떨어지는 소리가 공허하게 장내를 울렸다.

그뿐만 아니라 담천기 주위에 있던 천사련의 중진은 모두 그와 똑같은 최후를 맞이했다.

가까스로 살아남은 자들과 멀찍이 떨어져서 그 광경을 지켜보던 좌중의 표정은 모두 하나같이 경악과 공포로 물들었다.

멀쩡하던 천마가 갑자기 왜 이러는 것일까?

그리고 도대체 어느 틈에 천사련의 중진들이 그에게 당한 거란 말인가?

대다수가 혼란의 도가니에 빠졌지만, 몇몇은 그렇지 않았다.

여느 때보다 얼굴빛이 창백해진 제갈수련의 앞을 묵묵히 지키고 있는 이신도 그중 한 명이었다.

'신마사(神魔絲)를 저런 식으로 사용하다니.'

이신은 똑똑히 봤다.

담천기의 오른쪽 손목에 휘감겨져 있던 투명한 실, 신마사가 순간적으로 풀려져 나가면서 주변 중진들의 목을 휘감았다가 회수되는 것을.

가뜩이나 신마사는 마교의 기물 가운데서도 그 절삭력에서만큼 가히 으뜸이기로 소문난 기물이었다. 그 때문에 어설픈 사람은 도리어 신마사에 제 손이 베이는 경우도 허다했다.

그런 신마사를 저리 능숙하게 다루다니.

심지어 피 한 방울조차 튀지 않을 만큼 실로 정교한 솜씨였다.

하나 담천기 자신의 성격과는 맞지 않는 실로 무정한 손속이기도 했다.

'저래서는…….'

더 이상 이 자리에 있는 어느 누구도 그를 마교의 천마로 보지 않을 것이다.

사람들의 눈에 지금의 그는 당장 제압해야 할 일개 살인마에 불과할 뿐이었다.

하나 무엇보다 그의 손에 죽은 천사련의 중진들이 문제였다.

'설마 흑월에서는…….'

이신의 표정이 굳어지는 찰나, 우렁찬 외침이 장내에 울려 퍼졌다.

"지금 당장 화경급 이하의 사람들은 전부 막사 바깥으로 나가시오! 죽고 싶지 않으면!"

이에 대다수의 중진이 일제히 막사 밖으로 빠져나갔고, 황보철을 필두로 한 다섯 명의 고수가 천천히 앞으로 나섰다.

그들은 순간적으로 담천기가 무슨 짓을 벌였는지 하나도 남김없이 다 본 자들이었다.

그건 곧 그의 공격을 막는 것은 물론이거니와 역으로 그를 공격할 수도 있다는 소리.

하나 개중 황보철은 내심 고개를 갸웃거렸다.

'정말로 우리만으로 막을 수 있을까?'

담천기는 아직 자신의 무위를 제대로 선보인 게 아니었다.

그저 빠른 움직임과 기물의 힘을 이용한 것에 지나지 않았다.

한데 그런 그가 만약 숨겨둔 전력을 선보인다면?

순간 황보철의 얼굴이 어두워졌지만, 이내 그는 결심한 듯 속으로 숨을 크게 내쉬었다.

'후우, 일단 몸으로 부딪쳐 보는 수밖에.'

복잡한 생각 따위 나중으로 미룬다.

지금은 담천기를 상대하는 것에 집중할 때!

그리 생각하면서 자세를 잡으려는데, 담천기가 먼저 선수를 쳤다.

"으아아아아아아악—!"

괴성과 함께 황보철 등을 향해서 쇄도하는 담천기!

하나 고수가 괜히 고수가 아니듯 황보철 등은 저마다 다른 방위로 흩어졌다.

그러면서 사방에서 담천기를 향해서 공격을 쏟아냈다.

황보철 역시 가전무학이자 성명절기인 천왕삼권의 초식을 연달아 펼치려고 할 때였다.

'음?!'

갑자기 등골이 오싹해지는 것을 느낀 황보철.

함께 나섰던 고수 중 한 명이자 무림맹의 무상, 팽한성도 비슷한 감각을 느꼈다.

'뭔가… 이상하다?'

지금은 공격할 때가 아니었다.

오히려 공격 대신 방어부터 해야 할 때였다.

오랜 시간 동안 부단한 수련과 수많은 실전을 통해서 날카롭게 단련된 육감이 그리 말하고 있었다.

이에 황보철과 팽한성은 거의 동시에 방어 자세를 취했고, 그 순간의 선택이 그들의 목숨을 살렸다.

퍼버벅—!

두 사람을 제외한 세 명의 고수는 저항할 새도 없이 머리가 통째로 터져 나갔다.

핏물과 뇌수가 뒤섞인 채로 바닥을 어지럽히는 광경은 실로 속을 메스껍게 만들었으나, 정작 황보철과 팽한성은 그럴 틈조차 없었다.

타다다다—! 챙챙챙—!

황보철의 두 주먹은 날아오는 담천기의 우수가 담긴 경력과 투로를 풀어내는 데 여념 없었고, 팽한성의 맹호도는 아무것도 없는 맨손과 부딪침에도 불똥과 함께 연신 쇳소리를 자아냈다.

무려 담천기 혼자서 황보철과 팽한성이라는 두 고수를 압도하고 있는 것이었다.

그나마 두 사람이 화경급 고수이기에 이 정도 버티는 것이지, 다른 이들이었다면 진즉에 앞서 세 사람처럼 처참한 몰골로 이승과 작별했으리라.

하나 그것도 시간문제였다.

황보철과 팽한성은 점차 담천기의 공격에 자신들이 못 따라가는 것을 느꼈다.

양손을 다 쓰는 것도 아니고, 무려 한 손씩 나눠서 상대하는 것임에도 불구하고!

'괴, 괴물이 따로 없구나!'

'더, 더 이상은……!'

그렇게 두 사람이 슬슬 한계에 다다를 때쯤, 때마침 한 줄기 백광과 흑광이 담천기의 머리 위로 떨어졌다.

콰광! 쿠르릉—!

굉음과 함께 피어오르는 흙먼지!

두 사람의 어깨 위로 각기 다른 손이 올라갔다.

"수고했네. 뒤는 노부에게 맡기게나."

"면… 목이 없습니다, 맹주."

황보철의 자리에는 온화한 미소의 백염도제 탁염홍이,

"비켜라, 팽가야. 괜히 어물쩍대지 말고."

"크으으, 조심해라 좌가야. 보통 무서운 놈이 아니니까."

그리고 팽한성의 자리에는 오만한 표정의 흑마신 좌무기가 대신 섰다.

그렇게 황보철과 팽한성이 뒤로 물러나고, 대신 정사 양도를 대표하는 두 고수가 폭주하는 담천기를 상대하게 되었다.

어찌 보면 당연한 수순이었다.

현 시점에서 최고수인 두 사람이 나서지 않으면, 담천기를 제압하는 것 자체가 거의 불가능한 일일 테니까.

"후우, 그날 이후로 처음이군. 자네와 함께 싸우게 되는 날이 또다시 오다니."

무심코 탁염홍이 내뱉은 말에 좌무기는 잔뜩 인상을 찌푸리면서 말했다.

"쓸데없는 소리 그만두고 앞이나 똑바로 봐라, 도제."

좌무기의 핀잔에 앞을 바라본 탁염홍의 눈빛이 깊어졌다.

가라앉은 흙먼지 사이로 모습을 드러낸 담천기.

그의 몰골은 처음과 별반 달라지지 않았다.

나름 회심의 일격이라 생각하고 날린 공격이건만, 예상과 달리 두 사람의 공격은 씨알도 먹히지 않은 것이다.

아니, 오히려 가만히 있던 벌집을 들쑤신 꼴이랄까.

담천기의 혈안은 처음 봤을 때보다 훨씬 짙고 강렬하게 불타오르고 있었다.

무엇보다 탁염홍과 좌무기를 향해서 강한 적의를 표출하고 있다는 게 그 증거였다.

무분별하게 학살하는 살인마가 이제는 제대로 된 표적을 고른 것이다.

탁염홍은 비스듬하게 바닥에 닿을 듯 늘어뜨리고 있던 대도를 단번에 수직으로 들면서 말했다.

"으음, 확실히 느긋한 소리나 하고 있을 때가 아니긴 하군."

그의 말이 끝남과 동시에 육 척(六尺:181㎝)에 달하는 도신 전체가 새하얀 광채로 물들었다.

좌무기의 두 손 역시 어느새 흑색 광채로 물들었다.

뒤에서 지켜보던 황보철과 팽한성은 동시에 탄성을 내질렀다.

'저리도 쉽게 강기를 뽑아내다니!'

'과연 형님이다!'

정마대전 당시에도 두 사람은 강기를 사용할 수 있기는 했지만, 이 정도로 손쉽게는 아니었다.

무릇 어기성강의 경지에 오른 고수라고 할지라도 한 번 강기를 뽑기 위해선 어느 정도의 내력을 운용해야만 했다.

거기에 엄청난 고도의 집중력도 함께 요구되는데, 실전 중에는 더더욱 사용하기가 어려운 게 현실이었다.

그런데 놀랍게도 탁염홍과 좌무기는 마치 검기를 뽑아내듯 너무나 간단하게 강기를 뽑아냈다.

정마대전 때보다 두 사람의 실력이 한층 더 진일보했다는 증거였다.

그렇게 두 사람이 만반의 준비를 하고 있을 때, 문득 한 줄기의 음성이 두 사람의 귓전을 파고들었다.

"으음……. 백염도제와 흑마신… 인가?"

그것은 지금껏 원인 모를 광증에 의해서 이지를 상실한 줄로만 알았던 담천기의 음성이었다.

용케 정신을 차린 건가 싶었으나, 그와 마주한 탁염홍과 좌무기는 결코 그리 생각하지 않았다.

그렇다고 보기엔 담천기의 두 눈은 여전히 혈광으로 물들어 있었다.

예의 사기도 변함없었다.

아니, 전보다 더욱 격하게 요동치고 있었다. 어찌나 심한지 이제는 육안으로도 붉은 기류가 그의 몸을 감싸는 게 선명하게 보일 정도였다.

'천마지존공의 마기가 아니다.'

'도대체 어디서 이런 사기를…….'

정마대전을 치르면서 전대 천마 담무광이 시전한 천마지존공을 직접 경험한 바 있는 두 사람이었다.

해서 확신할 수 있었다.

명백히 담천기가 천마지존공이 아닌 제삼의 기운에 의해서 폭주하고 있음을.

그 순간, 두 사람 중 한 명의 눈빛이 번뜩였다.

하지만 말 그대로 순간의 변화라서 이를 눈치챈 이는 없었다.

그리고 그런 가운데, 담천기의 입꼬리가 슬그머니 올라갔다.

"크흐흐흐흐! 재미있군. 설마 나를 막아선 게 두 사람일 줄이야."

"…무슨 뜻으로 하는 소리냐?"

좌무기가 인상을 살짝 찌푸리면서 반문했다.

왜인지 몰라도, 어쩐지 담천기의 말이 그의 심기를 건드렸기 때문이다.

탁염홍도 말만 안 했을 뿐, 비슷한 인상을 받았는지 굳은 표정으로 담천기를 바라봤다.

이에 담천기는 차가운 조소를 머금으며 말했다.

"후후후후, 아무래도 당신네들은 둘이서 한 명을 핍박하는 게 특기인 것 같군."

"……!"

순간 탁염홍과 좌무기의 눈이 부릅떠졌다.

바보가 아닌 이상, 담천기가 하는 말이 지난날 정마대전의 마지막 총력전 때, 정사양도의 수장인 두 사람이서 이립도 채 안 된 젊은 마교의 무인을 상대했던 일을 비꼬는 것임을 단번에 알 수 있었다.

그리고 그에 대한 화제는 정마대전 이후, 두 사람의 공통된 역린(逆鱗)이기도 했다.

하필이면 그것을 언급하다니.

이유는 뻔했다.

자신들로 하여금 먼저 공격하게끔 일부러 도발하는 것이다.

실로 유치했지만, 그만큼 효과도 확실했다.

좌무기의 사나운 인상이 평소 이상으로 더 사납게 일그러진 게 그 증거였다.

심지어 그는 탁염홍의 동의도 구하지 않은 채 멋대로 담천기를 향해서 발걸음을 옮기기 시작했다.

그걸 본 탁염홍이 해연히 놀란 표정으로 얼른 그를 붙잡았다.

"이보게, 좌 련주! 괜히 흥분하지 말게! 일단은 냉정하게……."

"본좌는 지금 그 어느 때보다 냉정하네."

좌무기는 무표정한 얼굴로 어깨 위에 올라온 탁염홍의 손을 툭 쳐냈다.

그러고는 똑바로 탁염홍을 바라보면서 말했다.

"오히려 자네에게 묻고 싶군. 저딴 헛소리를 하는 애송이를 가만히 내버려 두는 게 정녕 옳다고 보나?"

"그건……."

솔직한 심정으로는 탁염홍도 담천기의 언행이 괘씸하기 그지없었다.

할 수 있다면 진작에 담천기의 뺨을 있는 힘껏 후려쳤으리라.

하나 그건 어디까지나 개인적인 생각일 뿐, 지금은 우선 담천기의 광증이 무엇으로부터 비롯된 것인지 확실히 파악하는 게 먼저였다.

일의 선후는 그 후에 따져도 늦지 않았다.

하나 좌무기의 생각은 달랐다.

"놈은 무인으로서의 자존심을 건드렸네. 여기서 참는 건 도리어 무인의 본분이 아니지."

탁염홍은 순간 기가 막혔다.

딴에는 맞는 말이지만, 사파의 수장인 그가 언제부터 무인의 본분을 따졌단 말인가.

다 담천기를 상대하기 위한 핑계에 불과했다.

하나 탁염홍이 더 뭐라고 하기 전에 좌무기의 신형에서 돌연 검은 기운이 폭발적으로 솟구치기 시작했다.

"음!"

탁염홍은 서둘러 뒤로 물러났다.

그러자 좌무기의 등 뒤로 무려 팔 척에 달하는 검은 악귀의 형상이 생겨나는 게 보였다.

좌무기가 흑마신이라는 별호를 얻게 된 결정적인 이유이자 그가 익힌 흑마강기공(黑魔?氣功)의 정수, 흑마강신(黑魔降神)의 현신이었다.

좌무기의 등 뒤로 나타난 검은 악귀, 흑마는 정확하게 좌무기와 똑같은 자세를 취했다.

이는 좌무기가 펼치는 초식을 흑마도 똑같이 펼친다는 소리였는데, 그 위력은 통상적으로 펼치는 초식의 수 배에 달했다.

그렇기에 흑마강신 상태의 좌무기는 탁염홍으로서도 상대하기 꺼렸는데, 설마 초장부터 그것을 선보일 줄이야.

그만큼 언뜻 보기엔 좌무기가 담천기의 도발에 욱해서 나선 듯 보여도 실은 그를 매우 경계하고 있다는 것을 반증했다.

거기다 탁염홍이 보기에 좌무기는 아직 뭔가를 더 숨긴 눈치였다.

이에 처음에 염려하던 것과 달리 탁염홍은 뒤에서 팔짱을 낀 채로 좌무기와 담천기의 대치를 지켜봤다.

한편 두 사람은 마주한 채 쉬이 움직이지 않았다.

아직 서로의 전력을 완전히 모르는 상태였다.

그런 상황에서 먼저 움직이는 것은 현명하지 못했다.

그렇게 서로 무의미한 대치 상태를 계속하고 있을 때였다.

파팟!

담천기의 신형이 시야에서 사라졌다.

그와 동시에 좌무기의 고개가 등 뒤로 향했다.

한순간 사라졌던 담천기가 눈 깜짝할 새에 그의 등 뒤를 점하고 있었다.

거의 무방비에 가까운 상태.

하나.

우오오오오오오오―!

흑마가 괴성을 내지르면서 담천기를 향해서 일권을 내질렀다.

검은빛의 흑마강기가 주먹에 맺혀서 발출되는 순간, 담천기가 서 있던 공간이 송두리째 검은색으로 덧칠되었다.

쿠아아앙―!

그리고 한 박자 늦게 장내에 울리는 파공성!

흑마강신에 의해서 증폭된 흑마강기의 위용은 그토록 놀라웠다.

하나 공격을 시도한 좌무기는 기뻐하기는커녕 서둘러 주변을 두리번거렸다.

지켜보던 탁염홍이 소리쳤다.

"위에 있네!"

그 외침에 좌무기는 반사적으로 고개를 들어 올렸다.

허공.

디딜 곳조차 없는 그곳에 담천기는 보란 듯이 서 있었다.

좌무기의 미간이 일그러졌다.

"허공답보?"

허공답보 쯤이야 좌무기도 얼마든지 펼칠 수 있는 재주였다.

하나 담천기처럼 장시간 허공에서의 체공은 그에게도 어려운 일이었다.

무력의 경지 이전에 내력의 소모가 생각 이상으로 너무나 극심하기 때문이다.

차라리 그럴 바에는 허공답보를 연달아 펼치는 게 더 나을 정도였다.

'도대체 저놈의 내력이 어느 정도이길래?'

그렇게 잠시 좌무기가 생각하는 틈을 타서 담천기가 아무것도 없는 허공을 발판처럼 박찼다.

파팟!

일직선으로 똑바로 좌무기를 향해서 쇄도하는 담천기!

그 저돌적인 모습과 얼핏 그의 입가에 지어진 미소는 방금 전의 일전으로 좌무기의 실력을 대충 재보았으니 정면에서 제대로 싸워보겠다는 심산임을 알 수 있었다.

그런 담천기의 의도를 깨달은 좌무기의 입가에도 서늘한 미소가 떠올랐다.

"건방진 놈……."

나지막한 음성과 함께 좌무기의 등 뒤에 서 있는 흑마의 전신에 갑옷이 뒤덮였다. 거기서 그치지 않고 오른손에 한 자루의 커다란 검이 들려졌다.

실제 좌무기의 좌수에도 못 보던 검이 들려져 있었다. 허리춤에 차고 있던 혁대 안에 숨겨져 있던 연검이었다.

검을 든 좌무기의 기세는 이전과 사뭇 달라졌다.

강맹일변도였던 것과 달리 지금 그의 신형에서는 날카롭게 벼려진 검과 같은 차갑고 예리한 기세가 흘러나왔다.

사람 자체가 아예 검으로 화한 듯한 느낌!

그 범상치 않음을 직감적으로 느낀 듯 담천기는 순간 멈추고 뒤로 물러나려고 했으나, 그걸 가만히 놔둘 좌무기가 아니었다.

쉐에에에에엑—!

좌무기가 연검을 세로로 내리 긋는 것과 함께 흑마의 검은 대검도 허공에 커다란 반달 모양의 궤적을 그렸다.

그것만으로도 위압적이건만, 검격은 한 번으로 그치지 않았다.

곧이어 흑마의 검은 대검이 무려 수십 번에 달하는 검격을 날려댔고, 그에 따라서 생겨나는 반월의 궤적은 수없이 겹쳐져서 공간을 마구 난도질했다.

—광월수라검식(狂月修羅劍式).

표면적으로는 드러나지 않은 좌무기의 숨겨둔 비장의 한 수이자 진짜 절기였다.

거기에 흑마강신까지 더해지니 그 위력은 상상 그 이상이었다.

좌무기는 내심 확신했다.

이번 한 수로 담천기는 끝장났다고.

그만큼 자신 있었다.

'원래는 그 건방진 놈과 다시 붙었을 때, 쓰려고 했지만……'

어쩔 수 없었다.

정마대전 이후, 좌무기는 개인적으로 이신의 행방에 대해서 알아봤다.

탁염홍과 함께 싸웠음에도 결과적으로 동수를 이뤘다는 결과는 내내 화인처럼 그의 뇌리에 남았다.

그래서 나름의 폐관 수련을 마친 후 개인적으로 그에 대한 굴욕을 떨쳐내고자 남몰래 찾았건만, 어찌 된 일인지 이신의 행방은 묘연했다.

이미 마교의 총사이자 비마각의 각주인 사마결에 의해서 이신에 대한 자료는 철저하게 모조리 소거된 뒤였기 때문이다.

그러니 광월수라검식을 이전보다 훨씬 더 예리하게 갈고 닦

았음에도 막상 써먹을 곳이 없었는데, 때마침 담천기가 좋은 실험 상대가 되어준 셈이었다.

비록 경쟁자 격인 탁염홍 앞에서 광월수라검식의 절초를 펼친 게 다소 뼈아프긴 했지만, 그 대신 담천기를 쓰러뜨린 공을 독차지했으니 마냥 손해는 아니었다.

'이걸 이용해서 본 련이 우위에…….'

차후 펼쳐질 장밋빛 미래를 잠시 상상하는 좌무기, 그의 귓가로 뜻밖의 외침이 파고들었다.

"아직 끝나지 않았네, 좌 련주!"

그것은 탁염홍의 경호성이었는데, 좌무기는 순간 그 뜻을 온전히 이해하지 못했다.

'뭐가 끝나지 않았다는 거지?'

그리고 곧 그는 그 말의 의미를 돌연 들려오는 둔탁한 탈골음과 함께 뼈저리게 깨달았다.

우드득—!

"크아아아악!"

좌무기의 오른팔은 절대 꺾여서는 안 되는 방향으로 꺾어졌다.

완전히 뒤로 돌아간 그의 팔목은 몸의 절반가량이 피로 물든 혈인의 손에 붙잡힌 채였다.

물론 그 혈인의 정체는 담천기였다.

"어, 어떻게……!"

좌무기는 애써 고통을 참으면서 경악 어린 표정으로 담천기를 바라봤다. 그가 펼친 광월수라검식의 절초는 틀림없이 먹혔다. 손맛도 분명 있었다.

한데 어찌 담천기가 저런 몰골이나마 살아 있을 수 있단 말인가?

그런 좌무기의 물음에 담천기의 입꼬리가 소리 없이 올라갔다.

그 모습이 마치 자신을 비웃는 것처럼 느껴지기에 좌무기는 담천기의 대답을 기다리지 않고, 무작정 남은 좌수를 휘둘렀다.

뿌드드득—!

덕분에 오른쪽 어깨가 완전히 탈골되었지만, 상관없었다. 대신 담천기의 숨통을 끊어버리면 될 일.

육참골단(肉斬骨斷)!

자신의 살을 내주고, 대신 적의 뼈를 취하겠다는 마음의 발로였다.

하나 그의 공격이 격중하기도 전에 담천기의 손이 먼저 움직였다.

파바바바방!

순식간에 좌무기의 전신을 격타하는 장영의 비!

천마백팔공 가운데서 천마지존공와 짝을 이루는 여덟 개의 마공, 진마팔공(眞魔八功) 중 하나인 천마신장(天魔神掌)이었다.

"커억……!"

쿵!

온몸에 뚜렷한 장인(掌印)을 새긴 좌무기는 비틀거리다가 그대로 바닥에 쓰러져 버렸다.

제아무리 금강불괴에 가까운 신체를 지닌 좌무기라고 하지만, 무방비 상태에서 공격당한 셈이라 충격도 더욱 클 수밖에 없었다.

더욱이 그냥 장법도 아니고 천마신장의 일격이었으니 멀쩡한 게 오히려 이상할 터.

맥없이 쓰러진 그를 내려다보던 담천기는 돌연 뒷짐을 지더니 오른발을 천천히 머리 위까지 들어올렸다.

천마군림보의 기수식이었다.

공교롭게도 그의 발아래에는 좌무기의 머리가 놓여 있었다.

만약 저대로 오른발을 내리찍는다면?

좌무기의 머리는 수박처럼 아작 나고 말 것이다.

지켜보던 탁염홍의 얼굴이 단번에 창백해졌고, 동시에 그는 장내에 난입했다.

"멈춰라, 이놈!"

하나 좌무기의 머리 위로 떨어질 줄 알았던 담천기의 오른

발은 도중에 방향을 비틀었다.

"헉!"

순식간에 탁염홍의 면전으로 파고드는 담천기의 오른발!

졸지에 공격 대상이 된 탁염홍은 내심 경악했다.

설마 처음부터 자신을 끌어들일 목적으로 좌무기를 공격하는 척했던 거란 말인가.

도저히 광증에 미친 자답지 않은 영악함이었다.

하나 탁염홍은 우내삼신 중 한 명인 도신의 아들이자 무림맹을 대표하는 고수였다.

그는 반사적으로 들고 있던 애도의 도면을 방패처럼 앞으로 내세웠다.

도강까지 두른 상태이니 오히려 맨발 상태인 담천기 쪽이 물러나야 할 형편이었다.

하나 상황은 그의 생각처럼 흘러가지 않았다.

퍼벅!

방어하던 자세 그대로 탁염홍의 몸이 뒤로 밀려났다.

긴 고랑 두 개를 남기고 나서야 겨우 멈춰 선 그는 몇 차례 쿨럭거리더니, 이내 매서운 눈으로 담천기를 노려봤다.

"…네, 네 이놈! 처, 처음부터… 쿠, 쿨럭!"

분하다는 듯 뭔가를 말하려던 탁염홍은 돌연 기침 소리와 함께 각혈했다.

그가 토해내는 핏물은 선홍빛이었다.

적잖은 내상을 입었다는 소리였다.

심지어 핏물 사이로 자그마한 내장 조각까지 보인다는 것은 보통 내상이 아니라는 뜻.

언뜻 봐서는 이해할 수 없는 일이었다.

분명 앞서 탁염홍은 담천기의 공격을 막아내지 않았던가?

한데도 내상을 입다니.

바로 그때, 탁염홍은 쿨럭거리면서 자신의 가슴팍을 매만졌다.

그러자 그의 가슴팍에 전에 없던 장흔이 선명하게 남겨져 있는 게 보였다.

놀랍게도 담천기는 천마군림보를 펼치는 와중에 암암리에 천마신장의 경력을 암경의 형태로 날린 것이다.

앞서의 천마군림보는 그걸 가리기 위한 미끼이자 눈속임에 불과했다.

'이런 간단한 허초 따위에 속다니.'

원래라면 화려한 허초 뒤에 숨어 있는 천마신장의 경력을 진즉에 파악하는 것을 넘어서 아예 그에 대한 반격까지 날리고도 남았을 탁염홍이었다.

하나, 좌무기의 생사가 위태롭다는 사실 때문에 그만 평소보다 판단력이 흐려져서 미처 담천기의 노림수를 눈치채지 못한 것이다.

순간의 실수가 치명적인 부상으로 이어진 셈.

입맛이 절로 써지는 가운데, 내내 말없이 공격만 하던 담천기가 문득 입을 열었다.

"크크큭, 이제 끝인가? 보기보다 형편없군. 아직 시작도 제대로 안 했는데, 이 모양, 이 꼴이라니."

그렇다.

담천기는 이제 기껏해야 진마팔공 중 고작 두 가지만 선보였을 뿐이다.

그럼에도 탁염홍 등은 담천기를 상대로 우위를 점하지 못했다.

여기서 남은 여섯 개의 진마팔공까지 마저 펼친다면?

끝이다.

그리 생각해도 전혀 이상하지 않았다.

그런 절망적인 상황 속에서 탁염홍은 순간 저도 모르게 말했다.

"네, 네놈은… 누구냐?"

"응?"

갑자기 무슨 소리냐는 표정으로 바라보자 탁염홍은 말했다.

"네, 네놈의 상태는 단순한 광증이라고 하기엔 너무 이성적이다. 오, 오히려 그보다는 사람 그 자체가 바뀌었다는 쪽에 가깝겠지."

"호오?"

그제야 담천기가 흥미로운 표정으로 그를 바라봤다.

"과연 썩어도 준치인가? 설마 알아보는 자가 있을 줄이야……. 한데 그래서 어쩌자는 거지? 그래 봤자 네놈들이 여기서 죽을 건 변함없는 사실인데."

"무, 물론 별로 주, 중요하지 않긴 하지. 크윽, 하, 하지만……."

"하지만?"

"하다못해 누구의 손에 죽는지는 확실히 알고 가야하지 않겠나?"

반쯤 포기한 듯한 탁염홍의 말에 쭉 상황을 지켜보던 팽한성이 못 참겠다는 듯 외쳤다.

"형님!"

이내 당장에라도 탁염홍을 향해서 뛰어가려는 그를 황보철이 중간에 제지했다.

"지금 뭐 하는 거요, 황보 가주! 당장 형님을 도와도 시원찮을 판국에……!"

"…이미 우리가 나설 자리가 아니오, 팽 대주."

"……!"

황보철의 냉정한 말에 팽한성은 순간 이성을 되찾았다.

그렇다.

이미 십대고수 중 수위로 인정받는 좌무기와 탁염홍이 당한 마당이었다.

그런 두 사람과 비슷한 수준이긴 하지만, 엄밀히 말해서 아직 한 끗 정도 뒤처지는 수준의 팽한성과 황보철이 가세한다고 한들 상황은 크게 달라지지 않는다.

오히려 애꿎은 희생자만 더 늘어날 뿐.

황보철이 지적하는 부분도 바로 그것이었다.

이윽고 그가 전음으로 말했다.

[지금은 냉정하게 맹주께서는 하시는 말씀을 귀담아 들읍시다.]

지금 탁염홍이 담천기와 굳이 길게 대화를 나누는 것도 괜히 엄한 사람을 잡지 말고, 진짜 적이 따로 있다는 것을 넌지시 알리기 위함이었다.

그런 탁염홍의 의도를 파악했기에 황보철도 애써 분을 삭히면서 들려오는 이야기에 집중하는 것이었다.

이에 팽한성이 분한 듯 꽉 쥔 주먹을 부르르 떨어댔다.

'이런 중요한 순간에 형님에게 도움이 못 되다니!'

오죽하면 지금 이 자리에 자신이 아닌 다른 자가 있었다면, 상황이 완전히 달라졌을 거라는 부질없는 생각까지 하였다.

'그래, 만약 내가 아니라 유가장의 그자가 이곳에 있었더라면……'

바로 그때, 그의 귓가로 한 줄기 음성이 들려왔다.

[황보 가주와 함께 막사 밖으로 물러나십시오, 어르신.]

'이, 이 목소리는……?!'

팽한성은 저도 모르게 주위를 두리번거렸다.

갑작스러운 그의 행동에 황보철이 의아해하였다.

"왜 그러시오, 대주?"

그의 물음에도 팽한성은 정신없이 주위를 두리번거리기 바빴다.

그도 그럴 게 방금 전에 그의 귓가에 들린 음성은 너무나 귀에 익었다.

게다가 그것은 지금 이 순간, 그 누구보다도 절실히 보고 싶었던 자의 목소리이기도 했다.

순간 자신이 잘못 들었나 싶었지만, 또다시 들려오는 음성은 방금 전의 음성이 결코 환청이 아님을 증명했다.

[여긴 제가 맡겠습니다.]

"아……!"

탄성과 함께 팽한성의 얼굴에 눈에 띄게 화색이 돌기 시작했다.

이에 황보철이 다시금 의아한 얼굴로 그를 바라봤다.

아까는 정신없이 주변을 두리번거리더니만 이번에는 얼굴에 화색이 돌다니.

순간 팽한성이 미친 것은 아닌가, 내심 걱정까지 될 정도였다.

“도대체 무슨 일이 일어난 거요, 대주?”

걱정 어린 황보철의 물음에 팽한성은 대답 대신 그의 어깨를 붙잡았다.

“응?”

그러고는 다짜고짜 막사 밖으로 그를 끌고 나가기 시작했다.

“이, 이보시오, 대주!”

황보철이 뭐라 했지만 팽한성의 귀에는 그의 말이 전혀 들리지 않았다.

대신 그는 고개만 살짝 뒤로 돌리면서 나지막하게 속삭였다.

“부디 형님을 부탁하네.”

그러자 그의 말에 대답하기라도 하듯 막사 한쪽의 그림자가 미세하게 일렁였다.

이에 팽한성은 희미한 미소를 머금더니 마저 막사 밖으로 이동했다.

여느 때보다 가벼운 발걸음으로.

*　　*　　*

탁염홍은 한 손으로 가슴팍을 움켜쥔 채 묵묵히 담천기를 바라봤다.

고요한 호수처럼 담담하지만, 그러면서도 여전히 전의(戰意)의 불씨를 머금은 눈빛.

그런 그의 시선에 담천기의 눈살이 찌푸려졌다.

"뭐냐, 그 건방진 눈은? 한낱 다 죽어가는 늙은이 주제에. 설마 아직까지도 본좌와 싸울 생각인가? 크크큭! 정말이지, 포기를 모르는구만."

담천기의 노골적인 조롱에도 불구하고, 탁염홍의 표정은 별반 바뀌지 않았다.

오히려 그는 살짝 굽어 있던 허리를 억지로 꼿꼿이 세우면서 말했다.

"…포기라. 자네는 너무 우리, 쿠, 쿨럭! 크흐윽! 우, 우리를 우습게 보는구만……."

십대고수가 달리 십대고수라고 불리는 게 아니었다.

그리 불리기까지 넘어온 사선의 숫자만 해도 손으로 꼽기 어려웠다.

그리고 개중에는 오늘보다 더한 위기도 적지 않았지만, 끝내 그것마저 이겨내고 이 자리까지 올라왔다.

그런 경험이 말해주고 있었다.

아직 포기할 때가 아니라고.

그걸 증명하듯 탁염홍은 입가에 맺힌 핏물을 손등으로 훔치면서 말했다.

"진짜는… 지금부터다."

말을 마침과 동시에 탁염홍은 지팡이처럼 기대고 있던 애도를 수직으로 들었다.

그러자 커다란 도신이 부르르 떨리더니 이윽고 찬란한 광채를 토해내기 시작했다.

광채는 이윽고 분화되어서 탁염홍의 주위를 둘러쌌다.

광천구로세(廣天九路勢).

넓은 하늘에 이르는 아홉 개의 도로(刀路)라는 뜻을 지닌 탁염홍의 진산절기가 펼쳐지고 있었다.

이에 마음에 들지 않다는 듯 담천기가 혀를 내차더니 곧바로 탁염홍을 향해서 일장을 휘두르려는 찰나였다.

우오오오오오—!

우렁찬 괴성과 함께 거대한 주먹이 담천기의 바로 옆에서 날아왔다.

가까스로 상체를 움직여서 피하긴 했으나, 이어진 두 번째 공격까지 피하기 어려웠다.

퍼벅!

"크윽!"

십자 모양으로 가슴팍을 방어한 상태로 뒤로 밀려나는 담천기의 신형.

그런 그를 힘없이 오른팔을 아래로 늘어뜨린 좌무기가 바라보고 있었다.

"가, 간만에… 쿠, 쿨럭! 크, 오, 옳은 말을 하는구나, 도제……."

좌무기의 등 뒤에는 예의 흑마가 강림해 있었다.

비록 오른팔을 못 쓰는 상태이긴 했으나, 대신 방금 전처럼 흑마를 이용한 공격은 얼마든지 할 수 있었다.

즉, 아직 그는 싸울 수 있었다.

좌무기의 시선이 곧 어느덧 수십 개의 광도에 둘러싸인 탁염홍에게로 향했다.

"비록 마음에 들진 않지만… 합공하자, 도제."

혼자 싸우면서 뼈저리게 느꼈다.

분하지만, 지금의 담천기는 좌무기나 탁염홍 혼자서 감당하기 어려웠다.

성화의 기운에 의해서 담천기의 무위가 배가된 것도 컸지만, 더욱 성가신 점은 따로 있었다.

방금 전, 그의 광월수라검식이 제대로 격중되었음에도 담천기가 무사히 살아 있는 이유.

바로 상식을 뛰어넘는 엄청난 재생력이었다.

실제로 지금도 핏물 때문에 잘 보이지 않지만, 앞서 좌무기와의 싸움에서 입었던 담천기의 상처들은 모조리 다 아문 상태였다.

이런 무서운 상대를 혼자서 감당한다는 건 불가능한 일.

좌무기의 제안에 탁염홍은 말없이 고개를 끄덕였다.

이윽고 그의 주위를 감싸던 수십 자루의 광도가 한데 뭉쳐졌다.

쿠오오오오—!

순식간에 막사의 천장을 뚫고 하늘 높이 치솟아 오르는 커다란 빛의 기둥!

이에 지지 않겠다는 듯 좌무기의 흑마도 그 크기를 부풀리기 시작했다.

그러자 그나마 지금까지 형체를 유지하고 있던 막사도 더 이상 버티기 어려웠다.

특히 막사를 떠받치던 커다란 나무 기둥이 조금씩 불길한 소리를 내더니,

우지끈— 콰광!

순식간에 와르르 무너져 내리는 막사.

그러자 담천기를 피해서 바깥으로 대피한 정사마의 중진들

과 구경하러 온 인근 무인들은 목격했다.

쿠아아아아아앙—!

담천기를 사이에 둔 채로 커대한 빛의 기둥과 흑색의 거인이 함께 서 있는 광경을.

"저건……!"

"세, 세상에! 저, 저게 인간의 무공이란 말인가!"

좌중은 모두 경악했다.

오직 담천기만 비웃었을 뿐, 그들의 눈에 보이는 탁염홍과 좌무기의 무위는 실로 경천동지한 수준이었다.

통상적인 기준으로 따져보더라도 이미 화경급은 아득히 넘어선 상태!

거의 반쯤 입신경에 발을 들인 단계라고 할 수 있었다.

그러던 중, 백색의 기둥이 서서히 담천기 쪽으로 기울어지기 시작했다. 그에 맞춰서 흑색의 거인도 천천히 주먹을 뒤로 당겼다.

그리고 거의 한계선까지 거인의 허리가 비틀어졌다 싶은 순간,

쿠아아아아아아앙아아앙—!!!

장내를 뒤흔드는 굉음과 함께 온 세상이 일순 흑과 백으로 뒤덮였다.

백색의 기둥과 거인의 주먹이 담천기가 있던 자리를 한꺼번

에 덮친 결과였다.

그로 인해서 발생한 충격파의 여파와 흙먼지 등으로 좌중은 쉬이 눈을 뜰 수 없었다.

흑백의 광채가 잦아들고, 가까스로 흙먼지가 대부분 가라앉을 때쯤 되어서야 겨우 눈을 뜨고 장내의 상황을 확인할 수 있었다.

"이, 이럴 수가……!"

"세상에……!"

장사평.

쓸데없이 넓기만 한 평야였던 그곳에 반경 일장에 달하는 분지가 생겨났다.

좌중의 입이 쩍 벌어졌다.

지형마저 뒤바꿀 정도의 위력이라니.

사람으로서 정녕 이게 가능한 일이란 말인가?

이내 그들의 시선은 분지의 양끝에 자리한 탁염홍과 좌무기에게로 향했다.

둘 다 그다지 좋은 몰골은 아니었다.

특히 좌무기의 경우에는 탈골된 오른팔을 축 늘어뜨렸을 뿐만 아니라 반쯤 무릎을 꿇은 상태였다.

그나마 탁염홍은 자신의 애도에 반쯤 기대어 버티고 서 있었지만, 옆에서 누가 살짝 밀기만 해도 그대로 쓰러질 것처럼 위태위태한 모습이었다.

초췌한 두 사람의 모습에 좌중은 일순 할 말을 잃었다.

그러다 문득 떠올렸다.

'천마는?'

'그자는 어찌 된 거지?'

분지 어디에서도 담천기의 모습은 보이지 않았다.

방금 전 탁염홍과 좌무기의 합공으로 완전히 땅속에 파묻힌 것일까?

그도 아니면 형체조차 남기지 못한 채 완전히 소멸하고 만 것일까?

알 수 없었다.

하나 한 가지 사실만큼은 확신할 수 있었다.

제아무리 담천기가 강하다고 한들, 방금 전의 공격을 온전히 피할 수는 없을 것이라고.

하나 그들의 예상은 누군가의 외마디 비명과도 같은 외침에 산산이 무너지고 말았다.

"위, 위에 있다!!"

모두의 시선이 일제히 위로 향했다.

그리고 봤다.

분지의 바로 위 허공.

그곳 검붉은 광채의 막 안에서 팔짱을 낀 채로 서 있는 담천기의 모습을.

무거운 침묵이 내려앉은 가운데, 누군가 모두의 심경을 대변하듯 말했다.

"…이건 말도 안 돼."

겨우 호신강기 한 겹으로 막아냈다?

방금 전의 공격을?

더군다나 담천기는 공격이 쏟아지는 한가운데에 서 있었다.

이건 흡사 태풍 한가운데서 얇은 천 쪼가리 한 장만으로 쏟아지는 비바람을 모두 막아낸 격이었다.

도대체 어떻게 그런 일이 가능한지의 여부는 차치하더라도, 담천기가 멀쩡한 것만은 분명한 사실이었다.

반면 마교 측 중진 중 몇몇의 표정은 은연중에 경외와 존경으로 물들어 있었다.

자신들의 새로운 천마가 저 정도로 강하다니.

강자존의 세상인 마교의 입장에선 충분히 환영할 일이었다.

그렇게 좌중의 반응이 크게 엇갈리는 가운데, 닫혀 있던 담천기의 입이 천천히 열렸다.

"…이제 볼 건 다 본 것 같군."

광증도 무엇도 느껴지지 않은 무감정한 음성.

그 음성을 들은 좌중은 순간 등골이 오싹해졌다.

그와 함께 담천기의 손이 위로 올라갔다.

우우우우—

그러자 그의 손바닥 위로 어마어마한 양의 검은색 기운이 단숨에 집결되었고, 그것은 이윽고 구슬의 형태로 만들어졌다.

처음에는 강기의 발전형인 강환(罡丸)인가 싶었다.

하지만 이윽고 그 검은빛의 구슬이 사람 머리만 한 크기를 넘어서 분지 전체를 뒤덮고도 남을 만한 크기까지 부풀어 오르자 더 이상 그것을 단순한 강환이라고 여기는 이는 아무도 없었다.

마치 기존의 태양 말고도 검은 태양 하나가 더 뜬 것 같은 믿을 수 없는 광경!

아까 탁염홍과 좌무기가 펼친 빛의 기둥과 검은 거인도 인간의 수준이라 보기 어려웠지만, 이건 아예 차원이 달랐다.

좌중은 설마하면서 검은 태양과 담천기를 번갈아 봤다.

'혹시…….'

'저걸 아래로……?'

모두 비슷한 생각을 떠올렸으나, 차마 입 밖으로 꺼내지 못했다. 머릿속의 생각을 말하자마자 그것이 그대로 실현될 것 같았기 때문이다.

그리고 정말로 그게 실현된다면 십중팔구 이 자리에 있는 사람은 한 명도 빠짐없이 개죽음을 당하고 말 것이다.

심지어 담천기가 속한 마교의 중진들까지도!

"처, 천마시여! 도대체 무슨 짓을……!"

"이, 이만하면 됐습니다! 어서 거둬주십시오!"

뒤늦게 마교 중진들이 담천기를 설득하려고 했으나, 이미 담천기의 귀에는 그들의 음성이 들리지 않았다.

아니, 들려도 안 들리는 척했다.

지금 그의 몸과 마음은 성화의 기운에게 붙들려져 있는 상태였으니까.

아무런 감정조차 느껴지지 않은 담천기의 멍한 눈이 그걸 증명했다.

그리고.

툭―

후우우우우우―

담천기의 손목이 꺾임과 동시에 검은 태양이 지면으로 낙하하기 시작했다.

최악의 상황이 현실로 벌어지고 만 것이다.

이에 모두가 죽음을 직감했고, 그 순간 누구도 예상치 못한 이변이 일어났다.

쉐에에에에엑―!

난데없이 들려오는 시원하기 그지없는 절삭음!

그와 함께 정확하게 반으로 갈라지는 검은 태양!

순식간에 검은 재로 화해서 사라지는 강환 사이로 도저히 믿을 수 없다는 표정을 짓고 있는 담천기의 모습이 보였다.

"넌……!"

그리고 그가 바라보는 방향의 끝에 서 있는 흑의무복의 사내에게로 모두의 시선이 집중되었다.

第三章
강림(降臨)

사람은 눈으로 봐야 믿는 동물이다.

하지만 때때로 눈에 보여도 불신할 때가 있다.

이유는 간단했다.

그동안 자신들이 믿어왔던 상식이 한꺼번에 무너지기 때문이다.

작금의 일이 그러했다.

강환을 넘어서 강기의 태양이라고 할 수 있는 담천기의 한 수를 일도양단한 기술.

적어도 이 자리에 있는 이들에게 그것은 눈으로 보고도 믿지 못할 장면이었다.

그들의 상식으로는 거의 불가능에 가까운 일이었으니까.

그런데 그 불가능한 일이 현실이 되었으니 어찌 믿을 수가 있겠는가?

하물며 그 일을 해낸 사람이 지금 이 자리에 있어서는 안 될 자였으니 더더욱 믿을 수가 없는 것이었다.

"…자네는?"

탁염홍은 차마 믿을 수 없다는 눈으로 흑의사내를 쳐다봤다.

"너, 너, 너……!"

좌무기는 두 눈을 부릅뜨면서 계속 '너'만 반복했다.

두 사람의 반응에 좌중은 의아해했다.

흡사 갑자기 나타난 흑의사내에 대해서 아는 듯한 태도가 아닌가?

도대체 그의 정체가 무엇이기에 무림맹과 천사련의 수장인 두 사람이 등장만으로도 저런 반응을 보인단 말인가?

겉보기엔 흑의사내는 크게 별다를 것 없어 보이는 평범한 외모의 소유자였다.

방금 전에 담천기가 발출한 거대한 강기 덩어리를 일도양단한 자라는 게 쉬이 믿기지 않을 정도였다.

그러다가 문득 누군가가 흑의사내의 손에 들린 묵빛 장검을 보고 외쳤다.

"어, 저 검은……!"

그의 말에 모두가 흑의사내의 검을 주목했다.

그리고 누군가가 탄성과 함께 외쳤다.

"유가장의 영호검주! 그자의 검이다!"

"그럼 저자가 바로……?"

무한의 떠오르는 신흥 강자인 유가장.

대대로 그곳의 가주를 수호하는 수신호위의 후예이자 이미 무한제일검(武漢第一劍)이라고 불리는 사내!

—영호검주 이신.

그의 정체가 밝혀지는 순간, 장내가 어수선해지기 시작했다.

최근 유지광 등의 활약으로 말미암아 이신의 명성도 덩달아 올라간 상태였다.

하나 금와방과의 생사결 이후로 공식적인 활동 자체가 없었다보니 그의 외모나 특징 등에 대해서는 잘 알려지지 않았다.

대신 그의 애검, 영호검에 대해서는 비교적 잘 알려진 상태였다.

묵빛의 검신을 가진 보검은 원체 흔치 않았고, 사람들의 눈에도 잘 띄었으니 어찌 보면 당연한 일이었다.

아무튼 좌중은 묘한 흥분 속에서 이신을 바라봤다.

제아무리 무한 내에서 이신의 명성이 높다지만, 그건 어디까지나 호북성 내에서의 일에 불과했다.

중원 전체로 확장해서 따져봤을 때, 이신의 명성이나 인지도는 거의 무명이나 다를 바 없었다.

한데 그런 무명의 신진고수가 천하의 백염도제나 흑마신조차 고전한 상대의 공격을 일검에 파훼해 버렸다.

눈으로 보고도 믿을 수 없는 상황.

어쩌면 이것은 하나의 전조라고 볼 수도 있었다.

새로운 영웅의 탄생!

더욱이 그가 기존 기성세력이나 유명 문파의 제자도 아닌, 신흥 중소방파의 인물이라는 게 가장 인상적이고 핵심적인 부분이었다.

으레 사람들은 개천에서 용이 나는 상황을 동경하고, 또 그것이 실제로 이루어지는 것에서 대리 만족을 느끼게 마련이니까.

하지만 그것은 어디까지나 대외적으로 알려진 모습에 불과할 뿐이었다.

그 숨겨진 진면목을 알고 있는 몇 안 되는 사람 중의 한 명, 좌무기가 큰 소리로 외쳤다.

"네 이놈!!"

그의 외침에 정면을 바라보고 있던 이신이 고개를 뒤로 돌렸다.

그러자 끝을 알 수 없는 호수처럼 심유한 눈빛이 좌무기를 향했고, 그걸 본 좌무기의 얼굴이 자신의 의지와 상관없이 일그러졌다.

일 년 전, 이곳 장사평에서도 이신은 저런 눈빛으로 자신을 바라봤다.

한 가지 달라진 게 있다면 그때와 달리 이신의 검이 자신과 탁염홍의 목숨을 노리지 않고, 오히려 그들을 위기에서 구해줬다는 것일 터.

'왜 우리를 구해준 것이냐……!'

그 말이 턱까지 차올랐으나, 차마 내뱉지는 못했다.

천사련의 종주로서 가지고 있는 일말의 자존심 때문이었다.

반면 비교적 그런 데서 자유로운 편인 탁염홍이 대신 말했다.

"어째서 우리를 구해준 것인가?"

그는 다른 뜻 없이 정말로 순수하게 이신의 행동에 의문을 품었다.

정마대전 당시, 그들은 서로 적이었다.

심지어 마지막 전투에서는 서로의 목숨을 빼앗으려고까지

하지 않았는가.

상식적으로 그런 그가 자신들을 구했다는 것은 좀체 이해할 수 없는 일이었다.

이에 이신은 담담하게 말했다.

"당신의 의제가 부탁했으니까."

"노부의 의제가?"

탁염홍의 의제라고 해봤자 한 사람밖에 없었다.

팽한성, 그의 부탁이라니.

전혀 생각지도 못한 대답인 터라 탁염홍은 순간 의아함을 금치 못했으나, 이신은 그 이상의 자세한 설명은 하지 않았다.

대신 그의 시선이 하늘 위로 향했다.

'천기…….'

군림적마 담천기.

현재 그는 성화의 기운에 의해서 조종당하고 있는 상태였다.

그 때문일까?

처음 이신을 봤을 때는 사뭇 놀란 눈치였으나, 지금은 언제 그랬냐는 듯 다시 눈빛이 희미해졌다.

마치 아무런 감정이나 영혼도 없는 인형처럼.

이에 마지막으로 그와 헤어졌을 때가 떠올랐다.

"친구로서의 마지막 정이다. 다음은 없다."

그 말은 어디까지나 손속의 사정을 봐주지 않겠다는 소리일 뿐이었다.

한데 그때의 그 말이 이런 말도 안 되는 방식으로 실현될 줄이야.

'흑월의 짓이겠지.'

당연히 그러할 것이다.

이신에 의해서 담천기는 담소연이 아직 살아 있다는 사실을 알게 된 상태였다.

당연히 흑월과의 동맹은 전보다 약해졌을 것이고, 흑월 쪽에서는 어떻게든 담천기를 조종할 방안을 찾아야 했을 것이다.

'그 방법이 성화의 기운을 이용한 조종일 줄이야.'

예상치 못한 방법이었고, 그만큼 효과적이었다.

이유야 어찌 되었든 간에 많은 중진들이 작금의 천마, 담천기의 손에 의해서 죽어나간 건 엄연한 사실이었다.

정사마 세력 간의 화합은 이미 물 건너간 거나 마찬가지였다.

만약 당사자인 담천기에게 그에 대한 책임을 지라고 한다면, 봉문 외에는 달리 방법이 없었다.

하나 잘잘못을 떠나서 마교의 입장에서 봉문이라는 결과

를 순순히 받아들일 리 없을 터.

필시 그에 대한 반발이 일어날 것이고, 그것은 또 다른 전쟁으로 이어질 것이다.

흑월이 이번 정사마 대회합을 열리도록 유도한 이유도 바로 그것이었다.

언젠가 신수연과 나눈 대화가 떠올랐다.

흑월이 각 세력의 수뇌부에 자신들의 세작을 투입시키고, 동시에 새외일통을 꾀하려는 이유.

그것은 바로 과거 혈교가 그랬던 것처럼 중원을 자신의 손아귀에 넣기 위해서라고.

당시 신수연은 그것이 불가능한 일이라고 일축했지만, 그때 이신은 어쩌면 그게 가능할지도 모른다고 했다.

모든 건 시기의 문제라는 말을 함께 덧붙이면서.

그리고 그 시기가 오기까지는 생각보다 그리 긴 시간이 필요할 것 같지 않았다.

'네놈들 생각대로 되지 않을 거다, 흑월.'

그러기 위해서라도 일단 눈앞의 담천기를 막아야 했다.

행여 더 큰 피해가 나오기 전에!

이신은 천천히 영호검을 고쳐 잡았고, 그 순간 허공에 떠 있던 담천기의 신형이 소리 없이 사라졌다.

정확히는 보통 사람의 눈이 따라가지 못할 만큼 빠른 속도로 움직인 것이다.

하나 이신은 일절 당황하지 않고, 그대로 한 발자국 옆으로 움직였다.

그러자 간발의 차이로 담천기의 신형이 방금 전까지 그가 서 있던 자리를 스치고 지나갔다.

이에 담천기는 일순 당황한 기색이 역력했지만, 곧 다시 모두의 시야에서 사라졌다.

또 한 번의 고속 이동!

하지만 이번에도 그의 공격은 종이 한 장 차이로 빗나갔다.

심지어 이신은 단순히 피하는 데서 그치지 않았다.

서걱—!

날카로운 절삭음과 함께 담천기의 오른쪽 어깨에서 피가 묻어났다.

이에 지켜보던 이들은 경악했다.

특히 방금 전까지 담천기와 싸웠던 탁염홍과 좌무기의 놀라움은 이루 말할 수 없을 정도였다.

담천기가 눈에 보이지 않을 만큼 빠르게 움직인 것에 반해서 이신은 그저 제자리서 한 발자국씩 움직인 게 다였다.

한데 그것만으로 그는 손쉽게 담천기의 공격을 피하는 것은 물론이거니와 담천기의 몸에 상처까지 입혔다.

두 사람은 그것이 무당파의 기본공이자 대표적인 권공인 태극권의 요체, 즉 후발제인(後發制人)의 수법이라는 것을 눈치챘다.

일반적으로 후발제인의 수법은 완벽하게 상대의 움직임에 대해서 통찰한 상태에서 가능한 법.

그 말인즉슨 이신은 이미 담천기의 움직임에 대해서 파악한 지 오래라는 소리였다.

탁염홍이나 좌무기조차 하지 못한 일을 보기 좋게 해낸 것이다.

거기에 더욱 놀라운 일이 펼쳐졌다.

"크윽!"

다시 공격을 이어가려다가 말고, 돌연 신음성과 함께 상처 난 어깨 부위를 부여잡는 담천기.

그 모습을 본 좌무기가 저도 모르게 놀라면서 외쳤다.

"어떻게……?!"

담천기는 예의 비정상적인 재생력 때문에 어지간한 공격에는 신음 소리 하나 내지 않았다.

심지어 광월수라검식의 절초에 정면으로 당하고 나서도 그는 아무렇지 않다는 듯 공격을 이어 나갔었다.

한데 그랬던 담천기가 고작 어깨가 베인 정도로 저토록 고통스러워한다?

한낱 연기라고 보기엔 진정으로 고통스러워하는 기색이 역력했다.

그 말은 눈에 보이는 것 이상으로 이신의 공격이 그에게 치명적이었다는 뜻일 터.

'도대체 뭣 때문에?'

이해할 수 없는 상황 앞에 좌무기의 머릿속은 그야말로 뒤죽박죽으로 엉켜졌다.

반면 이신은 내심 고개를 끄덕였다.

'생각대로군.'

겉보기엔 그냥 보통의 베기처럼 보였지만, 좌무기의 생각대로 그건 평범한 공격이 아니었다.

영호검을 휘두름과 동시에 이신은 남몰래 비급상에 존재하지만 이제껏 실전에서는 거의 써본 적 없는 배화공의 흡자결(吸字訣)을 운용했다.

처음 그것을 배울 때만 하더라도 이신은 왜 그것이 존재하는지 의문이었다.

이름은 흡자결이지만 딱히 그것으로 타인의 내력을 흡수하긴 어려웠기 때문이다.

오히려 주화입마의 위험이 있어서 알고 있음에도 거의 사용한 적이 없었다.

그러나 오랜 시간이 지난 지금에서야 그 존재 가치에 대한 의문이 명확하게 풀렸다.

'역시 흡자결은 오직 성화의 기운만을 보다 빠르게 흡수하기 위한 수법이었어.'

이제까지 배화륜이 이신의 의사와 상관없이 멋대로 성화의 기운을 흡수하는 것도 바로 그 흡자결의 구결에서 기인한 것이었다.

처음 그 사실을 인지하게 된 것은 북해에서 구양적의 내부에 있던 성화의 기운을 흡수할 때였다.

그 후에 이신은 문득 생각하게 됐다.

만약 그것을 공격하는 도중에 함께 운용한다면 어떤 일이 벌어질까?

이제까지는 그럴 기회가 좀체 없었는데, 때마침 담천기가 성화의 기운에 의해서 폭주하고 있는 상태였다.

그를 막기 위해서라도 반드시 해볼 만한 가치가 있는 일이었다.

그리고 실험은 보기 좋게 성공했다.

앞으로 흑월과의 싸움이 한결 수월해지겠다는 생각과 함께 이신이 본격적으로 흡자결을 운용하면서 공격을 이어 나갔다.

촤촤촤촤촥―!

"크아아아아아악!"

순식간에 담천기의 신형을 마구 할퀴고 지나갔다 사라지길 반복하는 백색의 검광!

그만큼 상처의 숫자는 늘어났고, 그때마다 담천기는 연신 고통스러운 비명을 토해냈다.

그럼에도 상처는 회복되지 않았다.

무한에 가까운 재생력의 원천인 성화의 기운을 이신이 배화공의 흡자결로 야금야금 흡수하고 있었으니까.

이제 이신은 성화의 기운에 한해서만큼은 명실상부 압도적인 우위를 점할 수 있는 천적이 된 거나 다름없었다.

'이제 얼마 안 남았다.'

이어서 거의 혈인이 되다시피 한 담천기에게 마지막 일격을 가할 겸 그의 몸에 남아 있는 성화의 기운을 모두 취하려고 할 때였다.

[…제법이구나, 혈영사신. 비록 인형이라고는 하지만, 설마 이 정도까지 본승을 궁지에 몰아넣을 줄이야. 칭찬해 주마.]

'이 목소리는?'

이신의 귓전을 파고드는 전음.

분명 담천기의 음성이었다.

하나 그것은 담천기의 것이되 그의 것이 아니었다.

어디까지나 그의 음성을 빌려서 말하는, 알 수 없는 제삼자의 것이었다.

희한하게도 자신을 본승이라고 호칭하는 것부터가 다른 사람이라는 증거였다.

'잠깐만, 본승이라고? 설마……?'

찰나지간에 이신의 뇌리를 스쳐 지나가는 하나의 단어가 있었다.

하나 그것을 채 입에 담기도 전에 예의 음성은 말했다.

[상으로 재밌는 걸 보여주지.]

순간 담천기의 눈에서 붉은 광채가 폭사되었다.

그와 동시에 이신의 눈앞에 거대한 피의 바다가 펼쳐졌다.

본디 바다란 세상의 젖줄이며 온갖 생명을 차별 없이 품어 주는 요람이다.

그러나 이신을 덮치는 핏빛 바다는 달랐다.

그 안에서는 온화하고 따스한 면모 따위 전혀 찾아볼 수 없었다.

존재하는 것은 오직 하나.

파괴!

실제로 핏빛 바다에 닿는 모든 것이 가루가 되어 흩날렸다.

만약 저것이 이신의 몸에 그대로 닿는다면, 그 또한 한낱 먼지가 되고 말리라.

'그럴 수는 없지.'

순간 이신의 몸에서 거센 기파가 흘러나왔다.

동시에 백광으로 물드는 그의 두 눈.

끼릭— 끼릭— 끼리리릭—!

숨 가쁘게 회전하는 배화륜의 톱니바퀴 소리를 들으면서 이신은 눈앞의 핏빛 바다를 향해서 쇄도했다.

그와 동시에 찬란한 백광의 궤적이 그를 뒤따랐다.

콰아아아악—!

순식간에 좌우로 갈라지는 혈해!

그 사이로 드러난 단천기의 모습에 순간 이신은 저도 모르게 흠칫했다.

'천기……!'

거미줄처럼 오돌토돌 솟아난 실핏줄이 온몸을 뒤덮었고, 두 눈에선 연신 핏물이 흘러내렸다.

원래 준수한 외모를 자랑하던 담천기였으나, 지금 그의 몰골에서는 그러한 흔적을 전혀 찾아볼 수 없었다.

이 모든 게 기존 천마지존공의 마기와 한데 뒤섞은 붉은 기운의 영향이었다.

그리고 이신은 그 붉은 기운의 정체를 누구보다도 잘 알고 있었다.

혈염마공.

십대마공 중 하나이자 혈승의 성명절기!

그렇다.

방금 전 들었던 음성의 주인이자 지금 담천기를 조종하고 있는 장본인.

그는 바로 당대의 혈승이었다.

흑월과 대적하는 이상, 언젠가 그와 만나게 될 줄은 알고 있었다.

하지만 설마 이런 식으로 조우하게 될 줄은 꿈에도 몰랐다.

담천기, 아니, 혈승이 웃으면서 말했다.

"후후후, 놀랐느냐? 하나 어쩔 수 없었다. 이 인형의 몸은 본디 본승의 것이 아닌 터라 부득이하게 손을 쓸 수밖에 없었느니라."

물론 일이 다 끝나고 나서 원래대로 되돌려 놓을 생각은 털끝만치도 없었다.

그 사실을 알고 있는 이신은 속에서 끓어오르는 분노를 애써 억누르면서 말했다.

"…좋은 말로 할 때 당장 거기서 나와라, 혈승. 그는 네놈 따위가 조종해선 안 되는 자다."

"후후후, 할 수 있으면 어디 한번 해봐라."

말을 마친 혈승은 이윽고 혈염마공의 기운을 더욱 끌어 올렸다.

그러자 그로 인해서 발생한 무형의 사기가 눈 깜짝할 새에 사방으로 거미줄처럼 퍼졌다.

"크윽!"

"으어어억……!"

사기에 닿은 자들이 너 나 할 것 없이 고통스러운 비명을 터뜨렸다.

그러다 하나둘씩 힘없이 바닥에 쓰러지기 시작했는데, 그냥 쓰러진 게 아니었다.

"모, 목내이가 되다니……!"

"흐, 흡정공(吸精功)이다!"

놀랍게도 사기에 닿은 자들은 산 채로 목내이가 되고 말았다.

본인의 의지와 상관없이 정혈을 몽땅 갈취당하고 만 것이다.

이는 혈염마공의 숨겨진 공능이었다.

과거, 초대 혈승이 혈염마공 하나만으로도 뭇 고수를 제압할 수 있었던 것은 바로 혈염마공의 이러한 숨겨진 공능 덕이었다.

이에 장내는 순식간에 아수라장이 되었다.

반면 황보철과 같은 고수들은 얼른 정신을 차린 뒤, 한발 늦은 경호성을 터뜨렸다.

"모두 백 장 밖으로 물러나라! 여기 있다간 한낱 개죽음밖에 안 된다!"

"죽고 싶지 않으면 어서 빨리 움직여!"

현재 혈염마공의 사기가 미치는 영역은 반경 십 장 내외.

하나 그게 최대치라고 장담할 수 없기에 고수들은 가급적 안전 범위 내로 좌중을 유도하기 시작했다.

물론 좌무기와 탁염홍도 예외는 아니었다.

평상시의 그들이라면 모를까, 지금 그들은 담천기와의 싸움으로 피폐해진 상태였다.

각기 수하들에게 부축된 채로 이동하면서도 두 사람의 시선은 좀체 이신에게서 떨어질 줄 몰랐다.

'두 번째… 인가?'

탁염홍이 속으로 뇌까렸다.

한 사람에게 두 번이나 패하고 말았다는 사실이 노고수의 가슴을 절로 답답하게 만들었다.

좌무기도 비슷한 마음인지 얼굴에 그늘이 잔뜩 내려앉았다.

그렇게 몇몇 고수의 발 빠른 대처 덕분에 얼마 지나지 않아 장내에는 이신과 혈승, 오직 단둘만 남았다.

얼마의 시간이 흘렀을까.

곧바로 접전에 들어갈 것 같았던 두 사람은 꽤 오랫동안 대치 상태를 유지했다.

그러다 문득 혈승이 아쉽다는 듯 말했다.

"하아, 조금만 더 있었으면 부족한 원기를 완전히 다 회복할 수 있었을 텐데. 중원 무림의 종자들도 완전 바보는 아니군."

"……."

이신은 그의 말에 대답하는 대신 심유한 눈빛으로 혈승을 바라봤다.

'지금 혈승이 천기를 조종할 수 있는 건 성화의 기운 때문만이 아니다.'

단순히 그뿐이라면 담천기가 저리 어이없이 이지를 상실하는 건 말이 안 되었다.

일례로 그와 싸웠던 과거 흑월의 고수들도 성화의 기운을 사용했지만, 저 정도까지 이지를 상실한 경우는 보지 못했다.

하물며 앞서 탁염홍 등과의 싸움에서 보여준 도발과 명확한 조소 등으로 미루어 보자면, 혈승은 말 그대로 담천기를 진짜 인형처럼 자유자재로 부리고 있다고 밖에는 볼 수 없었다.

'뭔가 매개체가 있는 거다.'

담천기의 이지를 강제로 박탈하고, 그를 인형처럼 부릴 수 있도록 하는 장치.

가장 먼저 그것부터 찾아서 없애야만 했다.

가급적이면 빠른 시간 내에.

현재 담천기의 상태는 그야말로 위험천만했다.

그도 그럴 게 방금 전 장내의 중인에게서 정혈을 갈취하던 혈염마공의 기운이 이제는 담천기의 선천지기를 강제로 짜내고 있는 중이었다.

물론 담천기의 육신이 무의식중이나마 거기에 필사적으로 저항하고 있었지만, 헛된 저항에 불과했다.

이대로 가다간 얼마 안 있어서 담천기의 정혈은 전부 고갈되고 말 터.

그전에 어떻게든 손을 써야 했다.

그러기 위해서는 우선 담천기에게 가까이 접근할 필요가 있었다.

이에 이신은 주저 없이 혈승의 품 안으로 뛰어들었다.

파팟!

순식간에 공간을 격하는 이신의 신형.

하나 혈승도 무작정 그 자리에 가만히 서 있기만 하지 않았다.

파파파팍—!

순식간에 전면을 가득 채우는 검은색 장영의 비.

담천기의 뇌리에 남아 있는 기억을 토대로 펼치는 천마신장이었다.

그 위력은 본래의 것과 비교해서 절대 뒤떨어지지 않았다.

하나 이신은 당황하지 않고, 곧장 혈영보를 펼쳤다.

그러자 그의 몸이 장영과 장영 사이의 미세한 틈새로 파고 들었다가 나오기를 연신 반복했는데, 그 모습이 흡사 민물을 거슬러 올라가는 한 마리의 연어처럼 보였다.

그렇게 장영의 틈바구니 사이를 유유히 빠져나온 이신은 혈승의 앞에 당도하기 무섭게 그대로 좌수를 휘둘렀다.

파팡!

백열의 광채가 터짐과 동시에 담천기의 신형이 비척거리면서 뒷걸음질 쳤다.

가까스로 멈춰선 그의 오른쪽 손바닥이 살짝 그을려져 있었다.

이신이 내지른 일수를 그대로 맞받아친 결과였다.

그을린 손바닥을 바라보면서 혈승이 눈살을 찌푸렸다.

'흐음, 이것이 배교의 배화신공인가? 확실히 성가시군.'

성화의 기운을 오롯이 품을 수 있는 유일무이한 그릇이기 때문일까?

본래 혈승의 진체라면 모를까, 이런 불완전한 몸으로 이신을 상대하기에는 다소 역부족이었다.

게다가 이신이 심형살검식이 아니라 팔열수라수를 펼치기 시작하면서 사태는 더욱 불리해졌다.

지근거리에서는 검보다 오히려 권장지각이 더 빠르고 우세하게 마련.

하기에 이신은 수중의 영호검을 휘두르는 대신 팔열수라수를 펼친 것이었다.

더욱이 그는 공격과 동시에 성화의 기운을 야금야금 흡수하고 있었다.

그렇다 보니 성화의 기운에 의한 내력의 배가나 무한에 가까운 재생력은 좀처럼 발휘할 수 없었다. 하물며 담천기가 익힌 천마백팔공은 원래부터 이신에게 못 미치는 수준이었다.

오로지 혈염공 하나에만 의지해야 했는데, 사실상 자신의 몸이 아니다 보니 본래 혈염공의 십분지 일도 채 발휘하기 어려웠다.

'차라리 진체로 바꿔서…….'

그렇게 혈승이 속으로 갈등하고 있을 때였다.

비틀—

돌연 혈승의 의지와 상관없이 담천기가 한쪽 무릎을 꿇었다.

혈승은 일순 당황했다.

하나부터 열까지 자신의 통제하에 있어야 할 담천기의 육신이었다.

한데 아무런 전조조차 없이 갑자기 무너지다니.

서둘러 고개를 들어 올리자 이신이 무심한 표정으로 그를 내려다보고 있었다.

마치 지금 혈승의 모습이 당연하다는 듯한 그의 태도에 혈승은 뒷골이 서늘해졌다.

"…무슨 짓을, 한 것이냐?"

이신은 무덤덤한 음성으로 말했다.

"네가 진짜 혈승이라면 스스로 알아맞춰 보시지."

도발적인 이신의 말에 혈승은 눈살을 찌푸리려다가 문득 뭔가를 깨달은 듯한 표정을 지었다.

"설마……?"

혈승은 이신과의 대화를 중단하고 서둘러 담천기의 내부를 관조했다.

그러자 곧 알게 되었다.

성화의 기운 외에도 담천기의 내부에 몰래 심어두었던 그것이 예상치 못한 타격을 입었다는 사실을.

'어느 틈에……!'

그것은 무심코 그가 맞받아쳤던 팔열수라수의 절초, 중합내중격에 의한 결과였다.

본래 중합내중격은 두 개의 진기를 임의의 지점에서 중첩시켜서 더 큰 충격을 선사하는 내가중수법의 극치.

거기다 합쳐지기 전까지는 내력의 유동에 대해서 일절 느끼지 못하는 게 중합내중격의 가장 큰 특징이자 무서움이었다.

물론 혈승 자신의 진체였다면 뭔가 내부에서 수상쩍은 움직임이 있다는 것을 금방 느꼈으리라.

하나 지금 그는 어디까지나 담천기의 육신을 빌려서 사용하고 있는 상태에 불과했다.

게다가 그 과정에서 이신은 담천기의 내부를 면밀히 살펴보는 것 역시 잊지 않았다.

그렇기에 발견할 수 있었다.

성화의 기운과 별개로 담천기의 내부에서 은밀하게 꿈틀대는 그것의 존재를!

"고독(蠱毒)이라니. 과연 흑월답게 더러운 수법이로군."

이신의 싸늘하기 그지없는 말에 혈승은 피식 웃었다.

"용케 알아냈군. 그래, 네 말대로다. 지금 이 몸은 본 월에 의해서 특별히 제조된 뇌자고(腦子蠱)에 의해서 조종당하는 중이지."

생각보다 선뜻 사실을 인정하는 그의 모습에 이신의 미간이 살짝 찌푸려졌다.

'뭔가 이상한데…….'

이신의 중합내중격에 의한 충격으로 뇌자고는 얼마 안 있어서 곧 사라진다.

그 말은 혈승이 더 이상 담천기를 조종할 수 없게 된다는 소리인데, 어찌 된 일인지 그는 너무나 여유로웠다.

그 점이 수상쩍었다.

거기다 자세한 이유는 모르겠지만, 어쩐지 자신이 뭔가 좀 더 큰 것을 간과하고 있는 게 아닌가 하는 생각이 강하게 들었다.

그리고 그런 이신의 예감을 뒷받침하듯 혈승이 말했다.

"실로 가련하구나, 혈영사신. 비록 싸움에선 이겼으나, 정작 승부에서는 지고 만 꼴이라니."

"무슨 소리냐?"

갑자기 무슨 뚱딴지같은 소리인가 싶었다.

하나 이신의 반응과 상관없이 혈승은 계속 말을 이어갔다.

"수십 년 전, 한 배신자에 의해서 본의 아니게 좌절되고 만 계획이 하나 존재하지. 그건 본 월의 오랜 숙원 중 하나였다."

"오랜 숙원? 배신자?"

그 순간, 이신의 뇌리로 한 줄기의 기억이 스쳐 지나갔다.

그건 다름 아닌 마교에서 마주친 전전대 영호검주, 이환성이 했던 말 중 하나였다.

"노부가 유가장에 몸을 담은 것은 어디까지나 아영, 그 아이를 보호하고 감시할 목적이었으니까."

이환성은 제 입으로 말했다.

그가 영호검주로 신분을 위장해서 유가장에 몸을 담았던 이유.

그건 바로 흑월로부터 도망친 유세화의 친모, 섭소영을 감시하기 위해서였다고.

그러나 정작 무엇 때문에 그녀가 흑월에서 도망쳤는지에 대해서는 밝히지 않았다.

이에 이신은 그것이 어쩌면 지금 혈승이 말하고 있는 흑월의 숙원과 직접적으로 관련되어 있을지도 모른다는 직감이 들었다.

그리고 앞서 혈승이 한 말.

싸움에선 이겼으나, 승부에선 졌다는 그 말을 무심코 되뇌는 순간, 이신의 얼굴이 굳어졌다.

"설마……!!"

이신의 뇌리에서 번뜩이는 최악의 각본.

그의 얼굴을 보면서 혈승은 그 어느 때보다 해맑은 미소를 지으면서 말했다.

"이미 너의 신녀는 본승의 손에 있느니라."

第四章
성화비사(聖火秘史)

당했다.

맨 처음 신수연의 뇌리에 떠오른 생각이었다.

정사마의 중진들이 한 자리에 모인 천막 안에서 큰 소동이 벌어지고 있을 때, 마차에서 대기 중이던 신수연 등에게도 때 아닌 난리가 일어났다.

갑자기 나타난 일단의 복면인이 마차를 공격한 것이다.

그때까지만 해도 신수연은 별생각 없었다.

단순히 혼잡한 틈을 타서 유세화를 노리는 흑월의 졸개들이라고 생각하고 만 게 다였다.

하나 기존의 복면인 외에 느닷없이 다섯 명의 복면인이 새로이 나타나는 순간, 상황은 달라졌다.

하나같이 초절정 이상의 무위를 자랑하는 그들은 철저하게 신수연만 공격했다.

입신경의 신수연일지라도 그 정도 고수들을 상대로 여유를 부릴 수는 없는 일.

정신없이 그들과 싸우던 와중에 문득 깨달았다.

다섯의 복면인은 어디까지나 자신의 발목을 붙잡아두기 위한 미끼에 불과하다는 사실을.

진짜 목적은 따로 있었다.

서둘러 복면인의 절반 이상을 차가운 얼음 덩어리로 만들고 포위망을 빠져나왔지만, 이미 유세화의 모습은 어디서도 보이지 않았다.

덤으로 소유붕의 모습 역시도.

까득—!

신수연의 입술에서 핏물이 흘러내렸다.

'두 번이나 같은 실수를 하다니!'

예전 뇌정마도 때야 그녀가 자리를 비운 사이였으니 어쩔 수 없다 치지만, 지금은 뻔히 눈앞에서 대놓고 당하고 만 꼴이었다.

그런 어이없는 실수를 저지르고 만 것에 신수연은 도저히 스스로를 용서할 수 없었다.

'찾아야 한다!'

사라진 유세화의 위치는 지금쯤 소유붕이 알아서 찾고 있을 터.

하나 그전에 해야 할 일이 있었다.

신수연은 입가에 흐르는 핏물을 내버려 둔 채 싸늘한 시선으로 남아 있는 복면인들을 바라봤다.

"어디야?"

"……."

두서없는 그녀의 물음에 복면인들은 침묵으로 답했다.

이에 신수연의 입꼬리가 올라갔다.

그와 동시에,

쩌저정—!

남아 있는 복면인 모두가 산 채로 얼음 기둥 속에 갇혀 버렸다.

물론 완전히 다 갇힌 건 아니었다.

사지와 몸통과 달리 머리 부분은 바깥에 고스란히 노출되었는데, 그 말은 산 채로 온몸이 얼어붙는 고통에 시달려야 한다는 소리였다.

이윽고 소리 없는 비명을 내지르기 시작하는 그들을 바라보면서 신수연은 스산하게 말을 이었다.

"그곳이 진짜 너희 무덤이 되기 전에 말하는 게 좋을 거야."

설득이 아닌 협박.

한낱 허세라고 보기엔 그들을 바라보는 신수연의 눈빛이 너무나 싸늘하고 무정하였다.

이에 복면인 하나가 막 입을 열려고 할 때였다.

"미안하지만, 소저는 계속 여기에 남아 있어줘야겠네."

"……!"

갑자기 들려온 노회한 음성과 함께 신수연의 신형이 뒤로 미끄러지듯 물러났다.

마치 보이지 않는 손에 이끌리는 듯한 움직임!

쉐에에에엑—!

그러자 한 줄기 청광이 방금 전까지 그녀가 서 있던 자리를 일자로 양분하고 지나갔다.

뿐만 아니라 얼음 기둥에 갇혀 있던 복면인들의 목도 일제히 날아갔다.

만약 조금이라도 움직이는 게 늦었다면 신수연 역시 같은 신세가 되고 말았을 터.

"누구냐!"

그녀의 뾰족한 외침에 대답 대신 날카로운 검광이 날아왔다.

카캉!

하나 이번 검광은 아무것도 베지 못하고, 둔탁한 쇳소리만 낳았다.

신수연의 손에 들린 빙검에 가로막힌 것이다.

그리고 그녀의 머리카락은 어느덧 푸른빛으로 물들더니 한 올 한 올 위로 치솟기 시작했다.

갑자기 자신을 공격한 것도 모자라서 심문하는 중이던 복면인들까지 죽이다니.

어느 정도 그들에게 화풀이할 목적도 있었던 신수연의 입장에선 당연히 기분이 좋으려야 좋을 수 없었다.

이윽고 그녀의 빙검에 푸른빛의 검강이 덧씌워졌고, 곧이어 신수연이 검을 휘두르는 순간 덧씌워져 있던 강기가 파편으로 화해서 흩날렸다.

한령빙마검의 초식 중 하나인 난설(亂雪)이었다.

어지럽게 흩날리는 눈과 같다는 초식명처럼 강기의 눈보라는 어지럽게 사방을 뒤덮었다.

그 범위는 족히 반경 십 장여에 달해서 그 안에 위치한 것들은 모조리 얼어붙었다.

하나 신수연의 목적은 단순히 주변을 얼음 바다로 만들려는 게 아니었다.

타초경사(打草驚蛇).

그 말은 꼭 안 좋은 의미로만 쓰이지 않는다.

공연히 적을 건드려서 화를 입는다는 게 일반적인 뜻이지만, 다른 의미로는 변죽을 울려서 적을 드러내게 한다는 뜻도 있었으니까.

신수연 역시 어딘가에 숨어 있는 불청객이 제 발로 기어나도록 하려는 게 진짜 목적이었다.

그리고 그녀의 계획은 보기 좋게 성공하였다.

파팟!

강기의 눈보라를 피해서 모습을 드러내는 죽립인.

그것도 모자라서 피풍의로 전신을 감싼 그는 사뭇 놀랍다는 투로 말했다.

"놀랍군. 이 정도로 한령마기를 자유자재로 다루다니. 전대의 빙마종주도 이 정도까지는 아니었거늘. 만약 노부가 안 왔다면 계획이 완전히 틀어질 뻔했군."

"계획?"

신수연은 의아한 표정으로 반문했으나, 죽립인은 그대로 입을 꾹 다물었다.

그 이상의 이야기는 할 수 없다는 듯이.

이에 신수연은 다시금 빙검을 고쳐 잡았고, 죽립인 역시 묵묵히 이 빠진 녹슨 장검을 뽑으려는 찰나였다.

"거기까지."

난데없이 들려온 음성에 신수연과 죽립인의 고개가 동시에 한 곳으로 향했다.

그곳에는 목소리의 주인, 이신이 서 있었다.

이신은 신수연을 일별한 뒤, 죽립인을 바라봤다.

이에 죽립인은 조개 입처럼 꾹 다물고 있던 입을 다시금 열었다.

"오랜만이로군. 그간 잘 지냈느냐?"

그리고 쓰고 있던 죽립을 위로 젖히는 순간, 벽지의 촌로라고 해도 믿을 수 있을 만큼 평범한 노인이 모습을 드러냈다.

하나 그는 결코 한낱 평범한 촌로 따위가 아니었다.

이신의 굳은 얼굴이 그걸 증명했다.

"…피차 그런 걸 물어볼 사이는 아닐 텐데?"

"서운하구나. 비록 피는 섞이지 않았다고 하나, 노부와 너는 엄연한 조손지간이거늘."

오랜만에 본 양손의 싸늘한 태도에 노인, 이환성은 섭섭하다는 표정을 지었다.

반면 이신은 코웃음을 치면서 말했다.

"헛소리 그만하고, 용건이나 말하시오."

날이 선 말투만큼이나 지금 이신의 기분은 썩 그리 좋은 편이 아니었다.

자신의 방심으로 유세화가 그만 혈승의 손에 넘어가고 말았다.

신수연은 호위를 제대로 못 한 자기 탓이라고 여기겠지만, 엄연히 근본적으로 따진다면 이신 자신이 판단을 그르친 것이었다.

이미 이번 일의 뒤에 흑월이 있다는 것을 알고 있었다.

그렇다면 다른 사람이 아닌 이신 스스로가 유세화의 옆에 있었어야 마땅했다.

무림의 평화도 중요하지만, 이신에게는 그 이상으로 유세화의 안위가 더 중요했으니까.

거기다 다른 것도 아니고 무려 정사마 중진들이 한데 모인 자리인데, 어쭙잖은 자들이 투입될 리 만무하지 않은가?

당연히 혈승이 직접 나선다는 가능성 역시 염두에 뒀어야 했다.

그렇기에 더더욱 스스로에게 화가 나던 참이었는데, 같은 흑월의 소속인 이환성이 찾아오다니.

당장 허리춤의 영호검을 뽑아든다고 해도 전혀 이상하지 않았다.

그럼에도 그러지 않은 건 이환성의 방문이 단순한 변덕이나 우연이 아니라고 느꼈기 때문이다.

'분명 뭔가 목적이 있는 거다.'

전에 듣기로 이환성은 자신을 흑월이 아닌 배교 쪽의 호법사자라고 칭했다.

어쩌면 흑월 내에서는 배교 쪽 파벌과 혈교 쪽 파벌이 서로 견제하고 있는 게 아닐까?

그렇지 않고서야 흑월의 제일 목표였던 유세화의 납치에 성공한 지금, 굳이 이환성이 자신을 찾아올 하등의 이유가 없었다.

물론 예상을 깨고 자신을 한껏 비웃을 요량이라면 또 모르겠지만, 그럴 가능성은 한없이 낮았다.

뭣보다 이환성이 그 정도로 치졸한 인물이 아니라는 것은 누구보다도 이신 자신이 더 잘 알았으니까.

그럼 무엇 때문에 찾아온 걸까?

자연 그런 의문이 들려는 찰나, 이환성이 입을 열었다.

"제안이 하나 있다."

"제안?"

"그래. 정확히는 거래라고 해야겠구나. 피차 원하는 것을 하나씩 주고받는, 아주 간단한 거래 말이지."

그의 말이 끝나자마자 발아래 그림자에서 돌연 사람의 신형이 드러났다.

그리고 은색의 의수가 거침없이 이환성의 뒤통수를 향했다.

"당신의 뭘 믿고 우리가 거래에 응해야 하지?"

단무린의 싸늘한 음성에 이환성은 슬쩍 뒤를 바라보며 말했다.

"그때 그 아이로군. 역시 살아 있었구나. 거기다 그때보다 환술의 경지가 더 높아지다니. 역시 젊은 게 좋긴 좋아."

"쓸데없는 소리 그만하고, 묻는 말에 대답이나 하시지."

철컥—

단무린의 의수, 은린비가 별안간 기계음을 자아냈다.

만에 하나라도 이환성이 허튼수작을 부린다면, 그 즉시 의수 안에 숨겨진 암기를 발동하겠다는 뜻이었다.

이에 이환성은 시선을 이신에게로 옮기면서 말했다.

"그때도 느꼈지만, 참으로 좋은 수하를 뒀구나."

"분에 넘치죠."

이환성의 말에 짧게 대꾸하면서 이신은 단무린에게 말없이 눈빛을 보냈다.

이에 단무린은 고개를 작게 끄덕이더니 곧 그를 중심으로 그림자가 넓게 펴지기 시작했다.

그러자 얼마 안 있어서 온 세상이 암흑으로 물들었고, 곧 그것은 외부와 차단된 독립된 공간으로 화했다.

주변을 두리번거리면서 이환성이 사뭇 놀랍다는 표정으로 말했다.

"이것 참, 설마 이런 재주까지 부릴 줄이야."

비록 시내에서 떨어진 곳이라고는 하지만, 여긴 엄연히 관도 위였다.

당연히 혹시라도 있을지 모를 이목을 의식해서라도 뭔가 조치를 취하긴 해야 했다.

한데 그림자를 이용해서 이렇게 외부와 단절된 공간을 뚝딱 만들어내다니.

그야말로 환술의 경지를 초월해서 진법의 영역마저 넘볼 수 있는 수준이 아닐 수 없었다.

거기다 이환성은 굳이 언급하지 않았지만, 아까 전부터 누군가가 계속 자신을 몰래 엿보는 듯한 이질감 같은 것이 느껴졌다.

그건 다름 아닌 그의 뇌리로 침입하려는 진야환마공의 기운이었다.

이 공간은 엄연히 진야환마공에 의해서 만들어진 공간.

마땅히 그 안에 들어온 자는 단무린에게 모든 민낯을 드러내야 했다.

하나 이환성은 물론이거니와 이 자리에 있는 사람들에게는 아쉽게도 통할 리 없었다.

가장 무공이 약한 신수연만 하더라도 입신경의 고수였다.

무릇 입신경에 다다른 고수들은 상단전 역시 타통한 상태라서 정신적인 방어가 일반인 이상으로 두터웠다.

하물며 심검지경의 무학을 구사하는 절대고수를 상대로는

역으로 자신이 당할 수도 있었다.

그럼에도 단무린은 감시의 눈길을 거두지 않았다.

내면의 생각까지는 읽을 수 없다지만, 표면적으로 드러나는 강한 의지의 낌새 정도는 흐릿하게나마 읽을 수 있었으니까.

가령 살의(殺意) 같은 것 말이다.

혹시라도 있을지 모를 기습에 대비한 대처, 혹은 최소한의 보험인 셈이다.

이에 이환성은 희미한 미소를 머금더니 이윽고 이신을 향해서 말했다.

"실은 노부가 이곳에 온 건 노부의 의지와 별개니라."

그의 의지가 아니라니.

마치 상전의 명령을 받았다는 투가 아닌가.

그런 이신의 의아함을 해결해 주듯 이환성의 말이 이어졌다.

"노부를 이곳으로 보낸 건 혈승의 누이, 다름 아닌 본 교의 신녀이시다."

* * *

악록산의 산허리 부근.

그곳에 사방이 산림(山林)으로 둘러싸여 있어 고요한 정취를 느낄 수 있는 사원 하나가 고즈넉하게 자리하고 있었다.

—녹산사(麓山寺)

편액에 휘갈겨 써진 명필은 그곳이 악록산뿐만 아니라 호남 제일로 손꼽히는 불교 사원이라는 것을 증명했다.

하나 오늘 녹산사 안에서는 단 한 구절의 불경 외는 소리나 목탁 두드리는 소리도 들리지 않았다.

거기다 괴이하게도 향찰객들이 매일같이 피워대는 선향 대신 비릿한 혈향이 곳곳에서 진동했다.

그리고 혈향이 진동하는 곳에는 어디를 막론하고 승려들의 시체가 널브러져 있었다.

그건 녹산사의 중심에 위치한 건물, 거대한 부처상이 자리한 대웅전도 예외는 아니었다.

그곳에는 한 노승의 시체가 널브러져 있었는데, 그는 다름 아닌 녹산사의 주지승이었다.

그리고 불경스럽게도 감히 부처님이 바라보는 앞에서 아무렇지 않게 노승을 일수에 쳐 죽인 장본인, 혈의공자가 불쑥 말했다.

"언젠가 내 누이가 그러더군. 자신은 어디까지나 가짜일 뿐이라고."

"……"

혈의공자의 두서없는 말에 그와 마주 보고 있는 유세화는 아무런 대답도 하지 않았다.

일부러 답을 하지 않는 게 아니었다.

기실 그녀는 대답하려야 할 수 없는 상황이었다.

이곳까지 납치되는 과정에서 강제로 점혈당한 아혈과 마혈이 아직 다 풀리지 않은 까닭이었다.

그걸 아는지 모르는지 혈의공자는 제 할 말만 계속 이어 나갔다.

"우스운 노릇이지. 성화가 그나마 지금껏 그 가느다란 불씨를 꺼뜨리지 않은 것도 모두 내 누이를 비롯한 전대 신녀들의 희생이 있었기에 가능한 일인데, 정작 그런 누이가 한낱 가짜에 불과하다니."

'성화?!'

처음으로 유세화의 눈이 휘둥그레졌다.

이신에게 들어서 알고 있었다.

배교의 신녀가 평생 모셔야 할 존재이자 전지전능에 가까울 만치 무한한 힘을 가진 성스러운 불꽃.

실제로 백일몽처럼 그 불꽃의 영령에 접한 바 있는 그녀였기에 그 존재 자체에 대해선 의심하지 않았다.

한데 눈앞의 혈의공자에게서 그에 관한 말이 나올 줄이야.

거기다 듣자 하니 그와 피를 나눈 친누이가 현재의 신녀인 듯했다.

'어머니의 빈자리를 대신한 또 다른 신녀의 후예.'

그녀가 그리 생각할 때였다.

"정확히는 혈교의 성녀이지."

"예? 아, 아?"

놀란 나머지 저도 모르게 반문한 유세화.

심지어 그녀의 아혈은 모두 풀려진 상태였다.

어느 틈에?

"네가 멍청하게 놀라고 있을 때였지."

"……!"

유세화의 눈이 커졌다.

지금 혈의공자의 말 때문에 확실해졌다.

놀랍게도 그는 자신의 생각을 읽고 있었다.

타인의 생각을 엿보다니.

인간으로서 그게 정녕 가능한 일이란 말인가?

"단순히 신을 엿보는 단계라면 무리지. 하지만 반대로 오롯이 신으로 화한 자에게 타인의 생각을 읽는 건 손바닥 뒤집는 것만큼 쉬운 일이다."

혈의공자는 아무렇지 않게 입신경을 넘어서 전설의 영역으로 치부되는 신화경을 언급했다.

이에 놀라움을 감추지 못하는 유세화에게 혈의공자는 말했다.

"이쯤에서 슬슬 성화에 얽힌 이야기를 제대로 해줄 필요가 있겠군. 잘 들어라. 배교의 성녀인 네년이라면 반드시 알아야 할 이야기니까."

그러고는 일방적으로 이야기를 이어 나가기 시작했다.

"처음 배교와 혈교가 하나가 되었을 때, 어찌하면 중원인들에게 복수할 수 있을지를 놓고 이런저런 말이 많았다. 그때 누군가 말했지. 성화의 힘을 이용하자고."

성화는 배교의 모든 주술적인 능력이 더해진 정수 중의 정수.

그 힘은 가히 전지전능에 가까웠다.

배교가 한때나마 마교마저 위협하는 세력으로 자리 잡을 수 있었던 것도 그 때문이었다.

물론 교주의 배신으로 인해 다 잊힌 과거로 전락하고 말았지만 말이다.

"그를 이용해서 흑월은 과거 혈교에서 잃어버린 십대마공의 소재들을 찾아 헤매기 시작했다."

복수를 위해서 가장 먼저 필요한 건 힘이었다.

십대마공은 충분히 그 기본적인 힘의 기반을 다질 수 있는 토대가 되어주었다.

"그리고 오랜 시간을 어둠 속에서도 버틸 수 있는 부를 쌓기 시작했지."

힘이 마련되었다면 그 다음에 필요한 자금이었다.

때마침 성화는 무려 미래의 일을 추상적이나마 엿볼 수 있는 힘을 지니고 있었다.

이를 이용해서 흑월에서는 미리 풍년과 흉년을 구분하여 작물 등을 사재기하여, 차후 비싼 값에 되팔았다.

또한 앞서 십대마공의 소재를 찾았던 것처럼 과거 선인들이 은밀히 숨겨둔 재물 역시 모조리 찾아냈다.

이와 같은 과정을 수없이 반복하자 흑월에 비축한 재산은 그야말로 천정부지에 달할 만큼 어마해졌다.

그러한 힘과 재력을 기반으로 흑월이 점차적으로 세력을 확장해 나가기 시작할 때였다.

"어느 날, 성화를 모시기 위한 신녀의 후보였던 여아 하나가 흑월에서 도망치는 일이 생겼다. 거기다 어찌 된 일인지 여아의 행방은 도통 찾을 길이 없었지."

물론 당시 중진들은 아쉽지만 다른 후보를 신녀로 정하면 될 일이라고 여기고 넘어갔다.

한데 전혀 생각지도 못한 일이 벌어졌다.

바로 그녀를 제외한 다른 후보들은 모두 성화의 선택을 받지 못한 것이다.

성화는 자신의 새로운 신녀를 도망친 여아로 점찍었는데, 그녀가 사라졌기에 더 이상 제대로 기능하지 않았다.

심지어 전대 신녀가 수명이 다해서 돌아가자 사태는 더욱 심각해졌다.

"성화는 배교는 물론이거니와 혈교한테도 매우 중요한 존재였다. 그렇기에 도망친 배교의 신녀를 대신해야 할 존재가 반드시 필요했지."

거기서 나온 게 바로 혈교의 성녀였다.

비록 배교의 신녀만큼은 아니더라도 그녀 역시 범인을 초월한 신기를 가지고 있었기에 어느 정도 차선책이 될 수 있었다.

그렇기에 혈교의 성녀는 본연의 역할을 벗어나서 성화를 모시는 신녀로 화했다.

어디까지나 임시방편에 불과했지만, 배교에 존재하는 온갖 사술과 혈교의 성녀가 지닌 신통력이 합쳐지면서 성화의 권능을 일부나마 재현하는 데 성공했다.

그 결과물이 바로 성화의 기운, 그리고 계시였다.

"하지만 그건……."

유세화가 말끝을 흐렸다.

원래 세상 만물은 정해진 대로 흘러가는 게 순리였다.

하나 흑월에서 행한 것은 엄연히 순리(順理)에서 어긋난 역천(逆天)의 행위!

그에 따른 반작용 혹은 파탄이 있을 수밖에 없었다.

이를 채 말하기도 전에 혈의공자가 먼저 고개를 끄덕였다.

"네 생각대로다. 잘못된 성화의 사용으로 인한 파탄은 점차적으로 일어났다. 그럼에도 포기할 수밖에 없었지."

추상적으로나마 미래를 예언하여, 다가올 화를 대비하거나 피할 수 있는 능력은 쉬이 포기할 수 없는 부류의 것이었다.

더욱이 양지가 아닌 음지에서 은밀히 세력을 키워야 하는 흑월의 입장에선 더더욱 포기할 수 없었다.

그렇기에 모른 척 성화의 능력을 무분별하게 남발했고, 얼마 안 있어 그 대가를 톡톡히 치르게 되었다.

"어느 날부터인가 성화는 본래의 빛을 잃고 검게 물들기 시작했다. 그러면서 점차 혈교의 성녀를 거부했지. 물론 그게 전부라면 차라리 다행이지."

성녀뿐만이 아니었다.

성화는 아예 자신과 접촉하려는 모든 것을 거부하였다. 그것도 모자라서 점차 불씨가 희미해져 가기 시작했다.

전적으로 성화의 능력에만 기대고 있던 흑월의 입장에선 그야말로 날벼락이 떨어진 것과 같은 상황!

어떻게든 대책을 세워야 했다.

성화의 불씨가 꺼지지 않고, 다시 활활 타오르게 할 수 있는 방법 말이다.

그때, 당시 흑월 내에서 가장 사술에 정통한 배교의 술법가 한 명이 말했다.

—제물을 바칩시다.

처음엔 무슨 미친 소리인가 했었다.

기껏 내놓은 대책이 성화에 제물을 바치는 것이라니. 너무 얼토당토않은 소리라서 모두가 그의 말을 무시했다.

그러나 사태가 전혀 해결될 기미가 없고, 이대로 가다간 아예 흑월이란 조직 자체가 붕괴될지도 모른다는 말까지 나오기 시작했다.

이에 흑월의 중진들은 밑져야 본전이라는 심정으로 처음 이야기를 꺼낸 주술가를 찾아가서 물었다.

누구를 제물로 바쳐야 하냐고.

'설마……?'

혈의공자의 말을 가만히 듣고 있던 유세화의 눈이 점점 커지기 시작했다.

이번에도 그녀의 생각을 읽은 듯 혈의공자가 처음으로 씁쓸한 미소를 지으면서 말했다.

"네 생각대로다. 그는 다름 아닌 혈교의 성녀를 제물로 바치자고 했지."

당연히 반대가 심했지만, 성녀 본인이 자진해서 불길 속에 뛰어듦으로써 논란은 종식되었다.

그리고 그녀의 희생 덕분에 성화는 다시금 활활 타오르기 시작했다.

그러나 그것은 끝이 아닌 새로운 악순환의 시작에 불과했다.

"알고 보니 성화는 주기적으로 정화하지 않으면 안 되는 것이었다. 원래의 성녀라면 선천적으로 그런 능력을 가지고 있겠지만, 어디까지나 임시방편에 불과한 혈교의 성녀에게 그런 일이 가능할 리가 없었지."

그럼에도 흑월 입장에선 불완전하게나마 성화를 계속 사용할 수밖에 없었고, 그에 비례해서 성화도 주기적으로 계속 제물을 요구했다.

그때마다 혈교의 성녀들은 희생되었고, 언젠가부터 그 희생은 너무나 당연한 것으로 여겨지기 시작했다.

성녀는 얼마든지 후사를 도모해서 다른 이가 이어서 할 수 있었지만, 성화는 아니었다.

그렇기에 혈교의 성녀가 점점 성화를 위해서 존재하는 도구처럼 취급되는 것도 무리가 아니었다.

"그러던 중, 전대의 성녀가 아이를 낳았다. 그리고 전대미문의 일이 벌어졌지."

혈의공자는 잠시 말을 멈춘 뒤, 이윽고 아련한 표정으로 말했다.

"바로 나와 내 누이가 태어난 거다."

*　　*　　*

원래 혈교의 성녀 혈통에서는 대대로 여자만 태어났다.

남자가 태어나는 경우는 단 한 번도 없었다.

이를 혈교 내에서는 성녀의 혈통이 타인과의 접촉을 불허하고, 오로지 친 핏줄과의 교합만 고집한 대가라고 여기고 있었다.

한데 그러한 상식을 깨고, 이변이 일어났다.

최초의 쌍둥이 남매의 탄생!

이를 길인지 흉인지 판가름할 수 없는 가운데, 쌍둥이의 친모인 전대 성녀가 아직 갓난아기인 여아를 가리키면서 말했다.

이 아이는 자신의 뒤를 이을 재목이라고.

하면 남아 있는 사내아이는 어찌할까 싶었는데, 혈교 쪽에서 일단 거둬들이는 것으로 결정되었다.

그리고 십 년 뒤, 누구도 예상치 못한 일이 벌어졌다.

바로 사내아이가 다른 사람도 아닌 혈승의 제자로 임명된 것이었다.

그것도 모자라서, 다시 오 년 뒤 그는 십대마공을 모두 대성하여 스승을 넘어섰다.

이른바 새로운 혈승의 탄생이었다.

이리되자 흑월 내에선 이십 년 전 쌍둥이의 탄생이 전에 없을 길조였다면서 좋아했으나, 기쁨은 생각보다 그리 오래가지 않았다.

바로 새로운 성녀이자 혈승의 누이가 태생적으로 아이를 가질 수 없는 몸이라는 게 뒤늦게 알려진 것이다.

성인식 겸 후사를 도모하기 위한 의식을 치른 지 얼마 안 되었을 때다.

비록 성화와 소통할 수는 있으나, 후사를 도모할 수 없는 성녀.

이는 마치 계륵과도 같은 존재였다.

버리기에는 능력이 아깝고, 그렇다고 계속 그녀에게만 의지하기엔 그 한계가 눈에 훤히 보였다.

당장 대책을 세우지 않으면 안 되었다.

이에 흑월의 중진 측에선 크게 두 가지의 의견이 나왔다.

하나는 성녀와 쌍둥이 남매인 혈승에게로 하여금 자손을 보도록 하자는 것.

그리고 또 하나는 도망친 배교 측 신녀의 핏줄을 찾아서 뒤를 잇게 해야 한다는 것이었다.

현실적으로는 첫 번째 의견이 가장 그럴싸했으나, 배교 측에서 이를 반대했다.

성녀의 경우만 봐도 알 수 있듯이 이미 그들은 선대의 근친혼에 의해서 제대로 된 자손을 볼 확률이 낮다는 이유에서였다.

하나 그건 어디까지나 표면적인 이유에 불과했다.

안 그래도 혈승과 성녀, 둘 다 혈교 출신인 마당에 혈승의 핏줄이 계속 성녀의 자리를 잇게 된다면 차후 배교 측의 입지가 좁아질 게 불 보듯 뻔하기 때문이다.

차라리 도망친 신녀의 후예를 찾아서 새로운 신녀로 내세우는 편이 배교 입장에서도 훨씬 더 유리하다고 볼 수 있었다.

혈교 측에서도 후사를 도모하는 게 불안정한 지금의 신녀보다는 원래의 신녀를 되찾는 게 더 낫다고 여겼다.

단, 그녀를 찾아내는 건 배교가 아닌 자신들이어야 한다는 게 다를 뿐이었다.

하나 그들은 미처 몰랐다.

이미 배교 측에서 오래전에 도망친 신녀의 행방을 파악하고 있었다는 것을.

그것도 그녀가 유가장의 안주인으로서 살고 있다는 것까지도.

그럼에도 지금껏 배교 측에서 그에 대해 숨기고 있었던 것은 간단했다.

섭소영의 경우, 신녀의 후예라는 것이 믿기지 않을 만큼 너무나 평범한 여인이었기 때문이다.

그것은 오랫동안 영호검주로서 그녀의 주변을 머물렀던 이 환성이 보장한 사실이었다.

이에 그녀의 대에 이르러서 신녀로서의 핏줄이 옅어졌다고 판단하고 내심 포기하고 있었는데, 이십여 년 전 놀라운 이변이 벌어졌다.

바로 섭소영의 딸, 유세화가 신녀로서의 자질을 진하게 타고 났다는 사실이 밝혀진 것이었다.

한때 버렸던 패가 순식간에 쓸모 있는 패로 뒤바뀌는 순간이었다.

*　　　*　　　*

"그게 당신이 저를 납치한 이유인가요? 당신의 누이 대신 새로운 신녀로 삼기 위해서?"

유세화가 딱딱하게 굳은 얼굴로 물었다.

이에 혈의공자, 혈승은 고개를 내저었다.
"반은 맞고, 반은 틀렸다."
아리송한 말이었다.
그럼 도대체 무엇 때문에 자신을 납치한 거란 말인가?
그런 유세화의 의문에 혈승은 답했다.
"물론 네년의 말대로 내 누이를 대신할 존재를 찾기 위해서긴 하지. 그러나 앞서 말한 것을 곰곰이 생각해 봐라. 성화를 모시는 신녀가 새로이 바뀔 때마다 무슨 일이 벌어졌는지를."
"그건……."
그렇다.
신녀가 바뀔 때마다 오염된 성화를 정화하기 위해서 전대의 신녀는 스스로 제물이 되기를 반복했다.
그 말은 유세화가 새로운 신녀가 된다면, 혈승의 누이 역시 제물이 되어야 한다는 소리였다.
혈승은 주먹을 꽉 쥐었다.
"그건 절대 있어서는 안 될 일이다. 아니, 본승이 절대로 용납 못 해!"
이윽고 그의 시선이 유세화에게로 향했다.
"그래서 본승은 결심했다. 누이에게 더 이상 대용품으로서의 삶이 아닌 온전히 자기 자신의 삶을 누릴 수 있게 해주기로."

혈승은 의미심장한 미소를 지으면서 마저 말을 끝마쳤다.

"본 월의 인간들은 전혀 생각하지 못한 방법으로 말이지."

*　　*　　*

"정녕 그 말이 사실이오?"

단무린이 묻자 이환성은 담담한 표정으로 말했다.

"굳이 노부가 자네들한테 거짓을 말할 이유는 없지 않겠는가."

"그럴 수가……!"

혈승의 계획.

그것은 실로 잔악무도하기 짝이 없었다.

단무린은 도저히 믿을 수 없다는 듯 뇌까렸다.

"자신의 누이 하나 살리려고 유 소저의 목숨을 대신 희생시키려고 한다니. 거기다 그것도 모자라서……."

단무린은 차마 말을 끝맺지 못했다. 그가 못다 한 말을 대신 신수연이었다.

"…그녀에게서 강제로 후사를 본 뒤, 흑월 내에서의 위치를 공고히 하려 한다니……."

말하면서 신수연도 절로 치를 떨어댔다.

기껏해야 유세화를 새로운 신녀로 세우고자 납치한 줄 알았다.

한데 그게 아니라 그녀를 강제로 욕보여서 아이를 가지게 한 뒤, 그 아이가 자랄 동안 혈승의 누이는 계속 신녀로서의 역할을 다한다.

그리고 그녀의 역할이 다해 갈 때쯤, 유세화가 그녀 대신 제물로서 희생된다.

그게 혈승이 구상하는 계획의 전모였다.

잠시의 침묵 뒤에 이어지는 신수연의 말이 모두의 심정을 단적으로 대변했다.

"쓰레기란 말조차 아까운 놈이네."

물론 어디까지나 이환성의 말이 사실이라는 전제하의 이야기였지만 말이다.

단무린은 사뭇 혼란스러운 표정으로 이환성을 바라봤다.

"…정녕 사실이오? 혹시 거짓으로 우릴 속이려 드는 것은 아니오?"

단무린의 억지스러운 지적에 이환성은 피식 웃었다.

"자네 말대로 노부가 거짓을 말했다고 치세. 그래서 노부가 무슨 이득을 본다는 거지?"

"그건……."

단무린의 말이 막혔다.

확실히 이환성의 말대로 그가 거짓을 말한다고 한들, 특별히 이득을 보고 말고 할 게 없었다.

군이 있다고 한다면 혈승과 이신 사이를 이간질해서 양측간의 충돌을 유도한다는 정도?

하나 지난날 직접 이환성과 부딪쳐 본 바 있는 단무린이기에 알 수 있었다.

그는 보다 더 큰 대의에 의해서 움직이면 움직였지, 사소한 목적을 가지고 움직이는 자가 아니었다.

그럼에도 반신반의하는 것은 워낙 그가 한 말이 충격적이었기 때문이다.

이환성의 입꼬리가 살짝 올라갔다.

"자네가 애써 현실을 부정하려는 노력이 실로 가상하군. 하나……."

이환성의 시선이 단무린을 넘어서 신수연을 지났다.

그리고 그녀를 넘어 이신에까지 이르러서야 그의 시선은 멈췄고, 하다 만 말을 마저 이었다.

"너는 알고 있겠지? 노부의 말이 사실이라는 것을."

"……."

이신은 아무 말도 하지 않은 채 그저 묵묵히 이환성과 눈을 마주할 따름이었다.

이윽고 이환성은 나지막하게 한숨을 내쉰 뒤 말했다.

"이건 어디까지나 혈승의 누이, 신녀께서 말씀하신 것이네.

실제로 그가 그런 일을 꾸미고 있는지의 여부에 대해선 노부도 뭐라 확답해 줄 수는 없네. 그러나……."

잠시 말을 멈춘 뒤 이환성은 자신을 바라보는 세 사람의 시선을 정면으로 마주하면서 마저 말을 이었다.

"충분히 그런 미친 짓을 하고도 남을 놈이라고 확신할 수는 있지."

혈승은 철저하게 이기적인 자였다.

어디까지나 자기 자신과 스스로가 아끼는 몇몇 이외에는 세상 모든 것에 철저하게 무심했다.

당연히 타인을 도구처럼 이용하는 데에도 한 치의 거리낌이 없었다.

그런 자이기에 세울 수 있고, 또한 실행할 수 있는 계획이었다.

"그러니 제안하마."

이환성은 이신의 눈을 똑바로 쳐다보면서 말했다.

"일시적으로나마 노부와 손을 한번 잡아보지 않겠느냐?"

"당신과?"

뜻밖의 제안이었다.

이신이 살짝 놀라는 눈치이자 이환성의 입꼬리가 올라갔다.

"그리 놀랄 것 없느니라. 혈승 그놈의 계획이 미친 짓이기도 하지만, 만에 하나라도 정말로 실현되면 우리 화종의 입장에서도 그리 썩 좋을 일이 아니기도 하니까."

기존의 신녀 대신 유세화가 제물이 되어서 성화를 정화시킨다.

그 자체는 화종에서도 별다른 이견 없이 받아들일 수 있는 사안이었다.

문제는 유세화와 혈승의 사이에서 나온 아이를 새로운 신녀로 삼는다는 부분이었다.

이미 혈교의 성녀가 기존 신녀의 역할을 대신한다는 것만으로도 혈종의 입지는 전에 비해서 넓어지고, 그에 반비례해서 화종의 입지는 좁아진 상태였다.

한데 혈승의 자식이 완전히 신녀의 역할을 대신하게 된다?

그나마 있던 입지마저 완전히 사라지고 말 것이다.

그리되면 혈종과 화종으로 양분되던 흑월의 세력이 완전히 혈종으로 통일되는 사태가 일어날 수도 있었다.

어쩌면 이번 일에 따라서 화종의 존폐 여부 자체가 결정된다고 해도 과언이 아니었다.

고로 혈승이 유세화를 취하도록 놔둬서는 안 된다는 부분에서는 이신과 이환성이 서로 간의 이해관계가 어느 정도 일치하는 셈이었다.

하나 그럼에도 이신이 선뜻 답을 내리지 못하는 이유는 따로 있었다.

'과연 그가 화매를 구한 다음에 곧바로 우리의 뒤통수를 치지 않는다는 보장이 있을까?'

앞서 이환성은 말했다.

어디까지 한시적인 동맹이라고.

그 말은 뒤집어서 말하자면, 일단의 목적을 이루고 난 다음에는 얼마든지 이신의 적으로 돌변할 수도 있다는 소리였다.

그런 언제 터질지 모르는 폭탄을 떠안은 채로 혈승과 대적해야 하는 게 과연 맞는 것일까?

고민에 빠진 이신의 시선이 절로 단무린에게로 향했다.

때마침 단무린도 그를 보고 있었다.

[어찌하는 게 좋겠느냐?]

이신의 전음에 단무린은 잠시 고개를 주억거리더니 곧 답했다.

[제안을 받아들이는 게 좋을 것 같습니다.]

다소 성급한 판단이 아닌가 싶었지만, 단무린도 나름 신중히 고민하고 내린 결론이었다.

분하지만 이환성은 신수연과 단무린 등이 한꺼번에 다 덤벼도 이길 수 없는 고수였다.

이신조차 그와 싸울 때는 확실히 승부를 장담할 수 없다고 여길 정도가 아니던가.

적으로서는 실로 두려운 그였으나, 반대로 아군으로서는 이보다 든든한 자가 없었다.

안 그래도 혈승이라는 강적과 싸울 것을 고려하면 이환성과의 동맹은 적이 반길 일이었다.

남은 것은 유세화를 구한 다음이었는데, 과연 혈승과의 싸움이 여력을 남겨둘 수 있을 만큼 쉬울까?

그랬다면 당대의 혈승은 초대 혈승의 재래라고까지 불리지도 않았으리라.

혈승은 결코 만만치 않은 강적이었다.

그런 강적과의 싸움 이후에 지칠 만큼 지친 상태에서 곧바로 이신과 척을 지는 것은 틀림없이 이환성의 입장에서도 부담되는 일이리라.

미리 배교의 고수들을 숨겨두지 않는 한에는 말이다.

'그 점만 조심한다면…….'

이환성과의 동맹은 실보다 득이 훨씬 더 많을 거라고 봐야 했다.

그렇기에 단무린은 동맹에 찬성하는 것이었다.

그의 의견을 들은 이신이 신수연에게 시선을 던지자 그녀는 묵묵히 고개를 끄덕였다.

이신이 어떤 결정을 내리든 간에 무조건 거기에 따르겠다는 뜻이었다.

이에 이신은 마침내 결정했다.

"당신의 제안, 받아들이겠소."

이신의 결정에 이환성의 얼굴에 웃음꽃이 피었다.

"잘 결정했다. 그럼 지금 당장……!"

"단, 조건이 있소."

"조건?"

이환성은 순간 의아해했지만, 이내 고개를 끄덕였다.

"말해 보거라. 노부가 할 수 있는 거라면 무엇이든 다 들어주……."

"심형살검식의 후반 초식."

이환성의 얼굴이 웃는 표정 그대로 굳어졌다.

그런 그의 반응에는 전혀 아랑곳없이 이신의 말이 이어졌다.

"그리고 청허신공(淸虛神功)의 구결을 내놓으시……."

"놈!!"

이신의 말이 다 끝나기도 전에 이환성이 돌연 일갈을 터뜨렸다.

거기에 실린 공력이 만만치 않은지 순간 단무린의 진야환마공에 의해서 유지되던 어둠의 공간이 파도치듯 흔들거렸다.

그만큼 이환성의 분노가 크다는 증거이기도 했다.

대뜸 심형살검식의 후반 초식과 청허신공의 구결을 내놓으라니.

그건 이환성의 밑천을 다 내놓으라는 소리나 마찬가지였다.

무인에게 있어서 본신절학이란 자신의 생명 이상으로 귀중한 법.

어찌 무인으로서 그런 말도 안 되는 요구를 할 수 있다는 말인가?

하나 그럼에도 이신은 눈 하나 깜짝하지 않았다.

오히려 그는 도리어 흥분하는 이환성이 이상하다는 듯 말했다.

"할 수 있는 건 다 들어주겠다고 먼저 말을 꺼낸 건 그쪽 아니었소?"

"그건……."

어디까지나 상식선에서 들어주겠다는 소리였지, 그런 터무니없는 것까지 들어주겠다는 것은 아니었다.

그리 말하려는데, 이신이 그의 말을 막으면서 말했다.

"더욱이 그건 어디까지나 당신 자신의 것이 아니라 유가장의 것이 아니오?"

어차피 네 것도 아닌 것인데, 이제 와서 뭘 그리 욕심내는 것이냐.

이신의 말을 직설적으로 해석하자면 그러했다.

딴에는 틀린 말도 아니었다.

심형살검식과 청허심법의 발전형이자 완전한 형태인 청허신공은 엄연히 유가장의 영호검주 대대로 전해지던 상승절학이었다.

하물며 이신은 당대의 영호검주였다.

자격은 차고 넘쳤다.

엄밀히 말하자면 강제로 뺏는 게 아니라 본래의 주인에게 돌려주는 것에 불과했다.

즉, 지금 이신의 요구는 지극히 정당하다고 볼 수 있었었다.

그것을 일방적으로 후안무치하다고 치부할 수는 없는 일이었다.

그 사실을 뒤늦게 깨달은 이환성은 말없이 아랫입술을 꽉 깨물었다.

'놈, 이런 식으로 나온다 이거지?'

어쩐지 일이 너무 쉽게 풀리나 싶었다.

마교에서도 느꼈지만, 참으로 호락호락하지 않는 자였다.

'어쩌면 좋단 말인가?'

이신의 요구를 들어주면 자신의 밑천이 드러날 것이고, 그렇다고 해서 무작정 그의 요구를 거부한다면 그와의 동맹은 그 길로 영영 물 건너가고 말 것이다.

그야말로 이러지도 저러지도 못하는 상황.

때아닌 고민에 빠진 이환성에게 이신이 넌지시 말했다.

"주제넘게 한 마디 충고하자면, 보다 대국적인 시야로 사안을 바라보는 게 좋을 것이오."

"으음……!"

이신의 충고에 순간 이환성은 흔들렸다.

확실히 대국적으로 봤을 때, 자신의 밑천이 거의 대부분 들통나긴 하나, 완전히 다는 아니었다.

그는 배교의 호법사자이기 이전에 흑월의 중진.

이미 십대마공 중 하나인 혈염마공 역시 익힌 상태였다.

그 외에도 숨겨둔 수가 더 있었고, 결정적으로 이대로 가다간 배교의 후예인 화종이 혈교의 후예인 혈종에게 흡수되어서 명맥이 끊길 판국이었다.

아예 배교 자체의 명맥이 끊기기보다는 지금 당장 이환성 쪽이 손해를 보는 게 더 나았다.

앞서 이신이 굳이 대국적인 시야로 바라보라고 충고한 것도 바로 그걸 지적한 것이리라.

게다가 이대로 이신이 제시한 조건을 따르지 않고 무시한다면, 졸지에 사문인 배교의 명운이야 어찌 되든 상관없다고 여기는 배은망덕한 자가 되고 마는 꼴이었다.

'허, 이놈 보게?'

이환성은 새삼스러운 시선으로 이신을 바라봤다.

이러면 알면서도 말릴 수밖에 없었다.

하나 그 사실은 생각보다 거북하지 않았다.

오히려 기꺼워하는 쪽에 가까웠다.

애당초 이환성이 이신에게 동맹을 제시한 것은 그가 앞서 말한 이유와는 전혀 다른 목적에서 기인한 것이었으니까.

하나 그런 속내를 숨긴 채 이환성은 힘겹게 고개를 끄덕였다.

“좋아. 네 조건을… 받아들이마.”

“이쪽의 조건을 들어줘서 고맙소. 앞으로 잘 부탁드리겠소.”

이신이 손을 내밀었고, 이환성은 그 손을 마주 잡았다.

그렇게 생각지 못한 동맹은 성립되었다.

각자 심중에 다른 생각을 품은 채로.

第五章

생화지로(生花至路)

그날 밤.

무림맹 장사 지부에서는 때아닌 난리가 났다.

화합의 상징이 될 줄 알았던 정사마 대회합의 완벽한 실패.

그 후폭풍은 거셀 수밖에 없었다.

더욱이 천마의 예상치 못한 폭주로 인해서 애꿎게 희생당한 중진들이 속한 각 문파들의 성토는 상상 그 이상이었다.

"당장 천마를 데려와라!"

"살인마에게 정당한 피의 대가를!"

"설마 무림맹도 그놈과 한통속인 것이냐!"

하나 무림맹 측에서는 그들의 살기 어린 요구를 마냥 들어주기 어려웠다.

천마에 의해서 무림맹과 천사련 양측의 중진들이 죽어나간 것은 사실이지만, 역으로 그가 속한 마교 측의 중진 역시도 적잖이 희생되었다.

단순히 무림맹과 천사련 두 세력만 당한 게 아니란 소리다.

거기다 천마가 암중 세력, 흑월이 몰래 그에게 복용시킨 고독의 지배를 받고 있다는 사실 또한 밝혀졌기에 더더욱 그를 처벌하기 애매해졌다.

자기 자신의 의지도 아니고, 어디까지나 타인의 조종에 의한 결과였다.

일단 천마 담천기를 멋대로 조종한 자부터 색출하는 게 순리에 맞았다.

그 때문에 그간 각 세력의 중진 중에서도 극소수만 알고 있던 흑월의 존재가 본격적으로 대두되었다.

그리고 그와 함께 본의 아니게 한 사람의 이름 역시 사람들의 입에서 회자되기 시작했다.

* * *

"왜 진작 말하지 않은 것이냐?"

그 어느 때보다 딱딱하게 굳은 얼굴로 제갈용연이 말했다.

"그게……."

그의 물음에 제갈수련은 쉬이 말을 잇지 못했다.

영민한 그녀조차 작금의 사태를 어찌 설명해야 할지 도통 갈피가 잡히지 않았던 것이다.

그녀가 우물쭈물하자 제갈용연의 언성이 저도 모르게 높아졌다.

"어째서 이 아비한테까지 그자의 정체를 숨겼느냔 말이다! 혹 그가 말하지 말라고 너를 협박하기라도 한 것이냐?"

제갈용연의 추궁 아닌 추궁에 제갈수련은 내심 억울하기 그지없었다.

그녀라고 해서 어찌 이신의 정체에 대해서 알고 있었으랴.

물론 이신이 실로 범상치 않은 자란 것까지는 어느 정도 짐작하고 있었다.

하나 설마 그의 정체가 그 유명한 마교의 혈영사신이었을 줄이야.

제갈수련은 아랫입술을 살짝 깨물었다.

'필시 귀옹 할아버지는 알고 계셨을 거야!'

단순한 추측이 아닌 확신이었다.

그도 그럴 것이 제갈수련과 달리 신수귀옹 그는 분명 정마대전 당시에 직접 이신을 대면한 적이 있었다.

당연히 그의 정체에 대해서도 처음부터 다 알고 있었을 터.

한데 지금까지 모른 척 입을 꾹 다물고 있었다니.

'어쩜 나한테까지 그러실 수 있어!'

내심 느끼는 배신감에 제갈수련은 온몸을 부르르 떨었다.

이는 자신뿐만 아니라 제갈세가 전체를 기만하거나 마찬가지였다.

왜냐하면 그의 공공 아닌 공공으로 이미 제갈세가와 이신이 속한 유가장과의 관계는 깊을 대로 깊어진 상태였으니까.

이제 와서 자세한 사정을 몰랐다고 한들, 어느 누구도 자신들의 말을 믿어주지 않으리라.

그리고 기껏 높아진 제갈수련의 가문 내에서의 위상도 단숨에 곤두박질치리라.

그렇게 그녀가 혼자 속으로 낙심하고 있을 때였다.

"…이럴 줄 알았다면 지금보다 유가장에 대한 지원을 배로 더 늘렸을 텐데."

제갈용연이 혼잣말처럼 내뱉은 말에 제갈수련은 순간 자신의 귀를 의심했다.

"예?"

마교의 고수인 이신과 관계가 있는 이상, 유가장은 이미 끝난 거나 다름없었다.

지금이라도 당장 무림맹에서도 축출되어야 마땅했다.

한데 그들에 대한 지원을 끊기는커녕, 도리어 전보다 더 지원을 늘리겠다니.

당연히 제갈수련의 입장에선 의아할 수밖에 없었다.

이에 제갈용연이 도리어 더 의아한 얼굴로 말했다.

"뭘 그리 놀라는 것이냐? 혈영사신, 아니, 무한제일검은 이미 마교를 떠난 상태니라. 공식적으로 그에 대한 정보도 남아 있지 않은 상황이지."

즉, 그의 소속은 엄밀히 말해서 정파 쪽에 가깝다고 봐야 맞았다.

거기다 정사마를 떠나서 이신은 실로 욕심나는 존재였다.

오늘만 하더라도 그는 백염도제나 흑마신마저 훌쩍 뛰어넘는 무위를 선보이지 않았던가?

모르긴 몰라도, 그의 명성은 끝없이 올라갈 터였다.

어쩌면 천하제일인이라는 칭호마저 거머쥘지도 몰랐다.

그때가 되면 제갈세가가 아닌 여러 명문가에서 그에게 손을 내밀리라.

'그 전에 먼저 손을 써야만 해.'

더욱이 앞으로 흑월과의 싸움이 본격화될 것을 생각하면 그와 손을 잡으면 잡았지, 절대로 척을 지어선 안 되었다.

이윽고 이어지는 제갈용연의 말에 그녀의 얼굴이 확 붉어졌다.

"아예 이참에 그와 혼인하는 게 어떻겠느냐?"

"아, 아버지……!"

정략혼이라니.

전혀 생각해 보지 않은 것은 아니지만, 그게 무뚝뚝한 자신의 아버지 입에서 튀어나왔다는 게 놀라웠다.

이는 그만큼 제갈용연이 이신이라는 존재를 어떻게든 손에 넣고 싶어 한다는 반증이었다.

천하의 제갈용연을 이리도 안달이 나게 만들다니.

그가 그 정도로 대단한 인물인가, 하고 절로 의문이 들 정도였다.

그때, 문득 제갈용연이 생각난 듯 말했다.

"한데 지금 그는 어디에 있는 것이냐?"

안 그래도 사라진 이신의 소재에 관해서 많은 이가 궁금해하고 있었다.

제갈용연도 그중 한 명이었다.

"그게……."

"응?"

제갈수련은 처음과 마찬가지로 쉬이 말을 잇지 못했다.

그런 그녀의 반응에 제갈용연은 처음에 의아해했다가 곧 뭔가 깨달은 표정을 지었다.

"설마?"

그의 반문에 제갈수련은 절로 화끈거리는 얼굴을 애써 진정시키면서 말했다.

"실은… 저도 잘 몰라요……."

끝내 그녀의 얼굴은 잘 익은 홍시처럼 붉게 물들고 말았다.

* * *

"지금쯤 난리가 났겠군요."

단무린이 문득 내뱉은 말에 신수연도 고개를 끄덕였다.

이신은 단신으로 백염도제와 흑마신을 구하는 것도 모자라서 혈승에게 이지를 지배당하던 담천기마저 물리쳤다.

그것도 많은 사람이 보는 앞에서 말이다.

정마대전 당시 소수의 사람만이 이신과 백염도제, 그리고 흑마신이 동수를 이루는 광경을 보았을 때와는 차원이 달랐다.

당연히 그에 대한 이야기로 난리가 날 수밖에 없었다.

어쩌면 단순히 호북성에서만 그치던 그의 무명이 전 무림에 퍼졌을지도 모를 터!

내심 그가 실력에 걸맞은 위명을 얻길 바라던 단무린 등의 입장에선 실로 기꺼운 일이 아닐 수 없었다.

하나 정작 화제의 중심에 놓인 이신 본인은 별다른 표정 변화 없이 말했다.

"지금은 그런 사소한 것에 신경 쓸 때가 아니다, 무린."

"아, 네……."

이신의 지적에 단무린은 살짝 민망하다는 표정으로 자신의 귀를 만지작거렸다.

하긴 지금 이신에겐 그런 개인적인 명성 따위 아무래도 상관없을 것이다.

그의 뇌리에 가득한 것은 오직 유세화에 대한 걱정일 터.

엄연히 남자임에도 살짝 유세화가 부러워지는 순간이었다.

"제비가 남긴 표식은?"

그러다가 이어지는 이신의 말에 잠시 상념에 잠겨 있던 단무린은 곧바로 현실로 돌아왔다.

"아, 네. 여기 있습니다."

단무린은 아름드리나무 아래에 흩뿌려진 하얀 분말 같은 것을 가리켰다.

백적토(白赤土).

이름 그대로 새하얀 흙으로 백리추종향 외에도 이조장 소유붕이 개인적으로 소지하는 추적용 도구 중 하나였다.

하나 중요한 건 백적토가 아니었다.

이신은 말없이 백적토가 묻은 나무의 표면을 어루만졌다.

그러자 손가락 끝에 미세하게 느껴지는 꺼끌꺼끌한 감촉.

단검으로 낸 것이 분명한 그것을 손끝으로 느낀 뒤, 이신은 뇌까렸다.

"북동삼(北東三)."

그것은 소유붕이 뒤따라오는 이신 등에게 남긴 암어였다.

북동이란 당연히 이동하는 방향을 뜻하는 것이었는데, 뒤의 삼은 퍼뜩 그 뜻을 짐작하기 어려웠다.

이동하는 방위 뒤에 붙은 숫자는 다름 아닌 인질이 처한 상태를 대략적이나마 나타내는 수치였다.

최소치인 일에서 삼까지는 단순한 찰과상이나 혈도를 점혈당한 정도였고, 사에서 칠까지는 중상을 입거나 가혹한 심문을 당하고 있다는 뜻이었다.

그리고 팔에서 구까지는 언제 인질의 목숨이 달아나도 이상하지 않다는 뜻이었다.

물론 그 다음이자 마지막 숫자인 십이 존재하긴 했으나, 지금은 가급적 그에 대해선 뇌리에서 잊는 게 좋았다.

그도 그럴 게 그건 이미 인질이 이 세상 사람이 아닐 때에만 붙는 것이었으니까.

아무튼 유세화가 아직까지 무사하다는 사실에 이신이 내심 안심하고 있을 때, 단무린이 투덜대듯 말했다.

"그 빌어먹을 노인네 때문에 이게 뭐 하는 짓인지 모르겠군요."

지금 이 자리에 없는 그들의 새로운 동맹, 이환성.

혹시 혈승의 이동 경로에 대해서 아냐는 물음에 뜻밖에도 그는 고개를 내저었다.

그리고 이어지는 대답은 실로 가관이었다.

—혈종에서 제대로 작정했는지, 이번 일에서 우리 화종은 처음부터 완전히 제외되었네.

처음 그 말을 들었을 때, 단무린은 내심 어처구니가 없었다.

비단 이신 일행이 그와 동맹을 맺은 것은 무력도 무력이지만, 흑월 내부자인 그를 통해서 혈승의 계획에 대한 정보를 얻으려는 목적도 컸다.

한데 적인 자신들보다 같은 편인 이환성 쪽의 정보가 훨씬 더 빈약하다니.

만약 그가 혈승이 이동할 경로만 제대로 알고 있었어도, 굳이 이렇게 소유붕이 남긴 표식을 따라서 움직일 필요도 없었을 것이다.

오히려 먼저 앞질러 가서 미리 매복한 뒤, 보다 유리한 위치에서 싸움에 임하는 것도 가능했을 것이다.

그걸 생각하면 단무린의 불만은 당연한 것이었다.

이신도 동감한다는 듯 고개를 끄덕였다.

"제 버릇 못 주는 거지."

이환성의 무위와 별개로 그의 개인적인 인성에 대한 신뢰는 한없이 낮은 이신이었다.

그의 배신 때문에 전대 영호검주이자 의부 이극렬이 얼마나 비참하고 힘겨운 삶을 살아왔는지를 누구보다 잘 알기에 더더욱 이환성에 대한 감정이 좋지 않았다.

하나 지금은 그런 쓰레기 같은 인간의 도움도 절실히 필요했다.

비록 진체가 아니긴 하지만, 담천기의 육신을 통해서나마 간접적으로 혈승과 싸웠던 경험 때문이었다.

비록 승리하긴 했으나, 그건 어디까지나 무학상의 상성 관계를 이용해서 성화의 기운을 무력화시켰기에 가능한 일이었다.

만약 그와 별개로 가체가 아닌 혈승의 진체와 겨루었다면?

이신으로서도 쉬이 승부의 결과를 예측할 수 없었다.

아니, 어쩌면…….

'내가 밀렸을지도 모른다.'

앞서 이신이 손을 잡는 대가로 이환성에게 굳이 심형살검식의 후반부 초식과 청허신공의 구결을 요구한 것은 단순히 그의 밑천을 거덜 나게 하려는 저급한 이유 때문이 아니었다.

그보다는 그가 넘겨준 심형살검식의 후반부 초식과 청허신공의 구결을 통해서 자신이 독자적으로 재현한 심형살검식을 보다 완전하게 만들려는 목적이 컸다.

물론 이미 이신의 심형살검식은 자신만의 무론을 어느 정도 정립한 상태였다.

하나 제아무리 검각의 만형검로를 통해서 거의 완벽하게 보완되었다고 하지만, 그래도 심형살검식의 원류에 대한 이해 여부의 차이는 생각 이상으로 컸다.

실제 지난날 마교에서 이환성이 펼친 심형살검식을 견식하면서 비약적으로 그의 심형살검식이 발전하지 않았던가?

그때의 경험으로 비추어 보자면 틀림없이 효과는 있을 터였다.

아니, 반드시 있어야 했다.

앞으로 다가올 혈승과의 싸움을 위해서라도!

그렇게 이신이 저도 모르게 전의를 불태울 때였다.

따당—!

둔탁한 쇳소리와 함께 비도 한 자루가 이신의 발치에 나뒹굴었다.

그의 오른손에는 어느덧 영호검이 들려져 있었다.

"형님!"

"주군!"

단무린과 신수연이 거의 동시에 경호성을 터뜨렸다.

놀랍게도 쇳소리가 울리기 바로 직전까지도 그들은 비도의 존재를 전혀 눈치채지 못했다.

그만큼 비도가 은밀하게 날아왔다는 소리였고, 무림에 이 정도로 무서운 암기술을 펼칠 수 있는 자는 몇 안 되었다.

이윽고 이신의 시선이 어느새 주변을 포위한 수십 명의 복면인에게로 향했다.

정확히는 그들 사이에 서 있는 한 오척단신의 녹의 중년인에게로.

"그걸 막다니. 듣던 것 이상의 실력이로군."

말을 마친 뒤, 녹의 중년인은 손아귀에 든 비도를 장난스레 던졌다 받았다 했다.

딱 봐도 방금 전에 비도를 던진 이가 그라는 걸 알 수 있었다.

이에 자신의 가슴팍에도 안 오는 단신의 중년인을 바라보는 이신의 눈이 깊어졌다.

"당신, 암왕(暗王)이군."

"호오, 노부를 알고 있다니. 제법 견문이 넓구나."

녹의 중년인, 당종원의 입꼬리가 올라갔다.

암왕 당종원.

그는 일전 이신과 싸운 바 있는 뇌정마도 마운기와 동시대에 활동한 정파의 고수였다.

그것도 그냥 그런 문파가 아닌 무려 사천당가의 직계혈족이었다.

그가 암왕이란 별호를 가진 것도 사천당가가 자랑하는 양대절학 중 하나인 만천화우(滿天花雨)를 대성했기 때문이다.

그런 정파의 명숙이 어째서 이런 곳에서 나타나는 것도 모자라서 이신을 공격한 것일까?

해답은 간단했다.

"흑월과 손을 잡은 건가?"

이신의 말에 당종원은 망설임 없이 고개를 끄덕였다.

"어쩌다 보니 인연이 그리되더구나."

"인연?"

이신은 내심 코웃음을 쳤다.

무려 암왕이라고 불릴 정도의 명숙이 뭐가 아쉬워서 단순한 인연 때문에 흑월과 같은 암중 세력과 손을 잡겠는가.

필시 당종원이 혹할 수밖에 없는 결정적인 무언가를 흑월이 제시했을 터.

하나 그게 무엇이었는지에 대해선 전혀 궁금하지 않았다.

이신은 싸늘한 눈빛으로 당종원을 바라봤다.

"좋은 말로 할 때 거기서 비키시오."

유세화를 구하러 가는 길을 가로막는 장애물.

그에게 있어서 당종원의 존재는 그 이상도 이하도 아니었다.

이신의 경고에 당종원은 조소를 머금었다.

"어디 해볼 테면 한번 해보거라."

이신 못지않게 당종원은 절대로 뒤로 물러날 기세가 아니었다.

그것은 장내를 둘러싼 수십의 복면인 역시 마찬가지였다.

이에 이신 등은 깨달았다.

눈앞의 당종원 일행을 뚫지 않으면 앞으로 나아갈 수 없다는 사실을.

거기에 당종원이 비릿한 미소를 지으면서 한 마디를 덧붙였다.

"참고로 노부 혼자만 너희 앞을 가로막을 거라고 생각하지 마라."

그 말이 뜻하는 바는 간단했다.

설령 당종원 자신을 넘어선다고 한들, 그 뒤로도 흑월의 고수들이 이신의 앞을 가로막을 것이라는 뜻이었다.

이에 단무린이 혀를 찼다.

"철저하게 이쪽의 힘을 빼놓겠다는 건가."

당종원 따위야 전혀 두렵지 않았다.

비록 그가 이름 높은 고수라고 하지만, 이신의 적수가 될 수는 없었다.

하나 그 정도의 고수가 연달아 나타난다면?

제아무리 이신이라도 적이 지칠 수밖에 없었다.

혼자서 백을 넘어서 천의 적을 감당할 수 있는 고수라고 하지만, 엄연히 인간인 이상 체력적인 한계는 존재할 수밖에 없었다.

더군다나 최종적으로 이신이 상대해야 할 자는 다른 사람도 아니고, 무려 십대마공을 모두 대성했다고 알려진 혈승, 그자였다.

만전으로 임해도 모자란 판국에 당종원 등과의 접전으로 한껏 지친 상태에서 그와의 싸움에 임한다는 것은 자살행위에 가까웠다.

단무린은 속으로 짜증을 금할 수 없었다.

'하필 이럴 때 그 노인네가 없다니!'

전전대 영호검주이자 배교의 호법사자, 이환성.

개인적으로 잃어버린 왼팔과 관련해서 그에게 적잖은 원한을 가지고 있는 단무린이었으나, 지금 이 순간만큼은 그의 부재가 너무나도 뼈아프게 다가왔다.

동맹을 맺었음에도 이환성이 이신 일행과 함께하지 않는 이유는 간단했다.

바로 흑월의 이인자격이자 화종을 대표하는 그의 입장에서 대놓고 혈승과 반목할 수 없었기 때문이다.

만약 그리했다간 제아무리 혈종의 득세를 못마땅하게 여기는 화종의 세력이라고 한들, 대번에 그에게서 등 돌릴 가능성이 높았으니까.

나름 그럴싸한 이유를 들었지만, 단무린은 그 뒤에 숨겨진 진짜 이유를 알고 있었다.

'혈염마공 때문이겠지.'

이환성은 특기로 하는 심형살검식이나 청허신공 외에도 십대마공 중 하나인 혈염마공을 익히고 있었다.

당연히 마공이 지닌 상명하복의 원칙상 그는 십대마공을 모두 연성한 혈승의 뜻을 감히 거역할 수 없었다.

애당초 이신과 동맹을 하게 된 것도 바로 그 때문이라고 봐야 했다.

이신이라면 자기 대신 혈승에게 능히 치명상을 입힐 수 있을 것이고, 그 틈에 유세화도 취할 수 있을 테니까.

처음엔 망설였다가 결국 심형살검식의 후반부 초식이나 청허신공의 심법을 이신에게 넘긴 것도 다 그러한 속셈 때문이라고 봐야 했다.

'실로 교활한 늙은이군.'

아마도 그는 이미 알고 있었을 것이다.

유세화에게로 향하는 길목에 이런 식의 자잘하고 성가신

방해가 있을 거라는 사실을.

그럼에도 불구하고, 한마디의 귀띔조차 해주지 않다니.

이래서야 기껏 동맹을 맺은 보람도 없잖은가.

애써 속으로 분을 삭이면서 단무린은 이신에게 대뜸 말했다.

"결정해야 합니다."

"무엇을 말이냐?"

이신의 반문에 단무린은 이어서 말했다.

"지금 저희 앞에는 두 개의 길이 있습니다. 하나는 안전하지만 느린 길, 그리고 나머지 하나는 빠르지만 위험한 길입니다."

"너는 둘 중 어느 쪽이 낫다고 보느냐?"

이신은 정확하게 두 개의 길이 어떠한 길인지에 대해서 묻지 않고, 도리어 단무린의 의견부터 물었다.

이에 단무린은 저도 모르게 희미한 미소를 머금었다.

예전에도 두 사람은 이와 비슷한 문답을 나눈 적이 있었다.

고작 삼백밖에 안 되는 혈영대의 인원만으로 동심회의 정예들과 정면으로 맞붙었을 때.

그때도 단무린은 이신에게 두 개의 길 중에서 선택해야 한다고 했고, 그때도 이신은 그에게 무엇이 더 낫느냐고 되물었다.

어쩜 이리도 사람이 한결같을 수 있단 말인가?
그리고 그건 단무린도 예외는 아니었다.
"저는 언제나 그렇듯, 형님의 의견을 따를 뿐입니다."
단무린의 대답에 이신은 고개를 끄덕였다.
이윽고 신수연을 바라보자 그녀는 묵묵히 고개를 끄덕였다.
말하지 않아도 그녀 역시 단무린과 똑같은 의견이라는 뜻이었다.
그렇게 두 사람의 의중이 결정되었고, 남은 것은 이신의 선택뿐이었다.
쉽고 느리게 갈 것이냐, 아니면 어렵되 빠르게 갈 것이냐.
남들 같았으면 한참 고민했으리라.
하나 이신의 고민은 그리 길지 않았다.
아니, 애당초 고민 자체를 하지 않았다는 게 정확했다.
그는 당종원이 서 있는 방향 그 너머를 바라보면서 말했다.
"각 조장은 들어라."
흔들림 없이 강직하게 울리는 그의 음성에 신수연과 단무린의 한쪽 무릎이 누가 먼저라고 할 것 없이 바닥으로 향했다.
너무나 자연스러운 행동.
이어서 명령하는 이신의 행동 역시도 자연스러웠다.
"한 놈도 남김없이 모두 섬멸해라."

"충!"

이신의 명이 떨어지기 무섭게 단무린과 신수연은 앞으로 쇄도하기 시작했다.

그리고 그 뒤를 이신의 신형이 조용히 뒤따랐다.

마치 그림자처럼.

'어리석은 놈.'

정면 돌파를 선택한 이신의 모습에 당종원은 싸늘한 조소를 머금었다.

그깟 계집이 뭐라고 굳이 죽을 게 뻔한 길을 재촉한단 말인가?

만약 자신이라면 결코 하지 않을 선택이었다.

'뭐, 노부의 입장에선 다행이지.'

얼마 전, 혈승은 모두가 보는 앞에서 공식적으로 선언했다.

만약 이신을 막거나, 혹은 그에게 치명상을 입히는 데 성공한다면, 즉시 완전한 십대마공의 구결을 전수해 주겠다고.

그건 당종원에게 있어서 일생일대의 기회였다.

행여나 이신이 자신을 피해서 길을 우회하거나 했으면, 기회는 다른 자에게 넘어갔으리라.

'절대로 이 기회를 놓치지 않겠다.'

그가 흑월과 손을 잡은 것은 지금으로부터 오 년 전이었다.

그때의 당종원은 커다란 실의에 빠져 있었다.

그는 사천당가의 직계혈족, 그것도 가주의 장남이었으나, 정작 그로 인한 혜택을 누리지 못한 자였다.

천형이자 평생 그의 발목을 붙잡아온 소인증(小人症) 때문이었다.

비록 가문에서의 치료와 부단한 노력으로 삼 척에 불과하던 키를 무려 오 척까지 늘이는 데는 성공했지만, 그게 전부였다.

가문에서는 남들과 다른 외양의 그가 부끄러운 양 언급 자체를 꺼리고, 숨기는 데 급급했다.

이에 당종원은 당가 양대절학 중 하나인 만천화우에 필사적으로 매달렸고, 끝내 그것을 대성하는 데 성공했다.

세상 사람들도 그런 그의 노력을 인정하듯 암왕이란 별호를 붙여줬다.

하나 그러한 무명에도 불구하고, 그는 끝내 가주의 자리에 오르지 못했다.

대신 그의 동생이자 차남 당종배가 다음 대 가주 자리에 올랐다.

그 과정에서 당종원은 억울하기 그지없었다.

왜 자신은 장남임에도 가주가 될 수 없는 것인가?

어째서 자신보다 못 한 자들에게 배척당하는 것도 모자라서 동생에게 자신의 자리를 빼앗기고 만 것인가?

만약 자신이 정상적인 몸이었다면, 그때도 이런 결과였을까?

그렇게 굴욕과 원망 속에서 당종원은 암왕이란 허울 좋은 별호만 지닌 채 모두의 무관심 속에서 천천히 잊혀갔다.

그리고 그때, 그에게 접근한 것이 바로 혈승이었다.

—그들에게 복수하고 싶지 않나?

복수?

하고야 싶었다.

하나 그건 불가능한 일이었다.

제아무리 만천화우를 대성한 당종원이라고 하지만, 혼자서 사천당가를 상대하기란 역부족이었다.

거기다 설령 복수를 한다고 한들, 당장은 속이 후련할지 몰라도 사태는 전혀 나아지지 않을 것이다.

모든 사태의 원인은 어디까지나 당종원 자신에게 있었으니까.

이놈의 소인증!

그것만 아니었어도 사천당가의 가주 자리는 그의 차지였을 것이다.

뿐이랴?

이렇게 혼자 외롭게 쓸쓸히 늙어가지도 않았을 것이다.

뭇 세가의 후기지수들의 화려한 일상도 결코 남의 일이 아니었을 터.

이에 혈승은 말했다.

—원한다면, 가지면 될 일 아닌가?

어떻게?

그 질문이 떠오르는 순간, 그의 몸 안으로 한 줄기 기운이 흘러들어 왔다.

그리고 그날, 당종원은 난생처음으로 남을 올려다보는 게 아닌 아래로 내려다볼 수 있었다.

십대마공 중 하나이자 궁극의 역체술이기도 한 역천환체공(逆天換體功)의 힘이었다.

거기에 매혹되고 만 당종원은 당장 혈승에게 무릎을 꿇고 빌었다.

제발 자신에게 그걸 가르쳐 달라고.

가르쳐만 준다면 간이고, 쓸개고 뭐든 다 내주겠다고.

그러한 굴종의 대가로 혈승은 그에게 역천환체공의 구결을 알려줬으나, 완전한 것은 아니었다.

불완전한 구결은 기껏해야 하루에 두 시진 정도밖에 변신을 유지할 수 없었다. 당연히 그것만으로는 부족했다.

거기다 역천환체공을 완전히 대성하면 변한 모습을 그대로 영구하게 유지할 수 있다는 사실이 더욱 그를 초조하게 만들었다.

어떻게 하면 완전한 구결을 얻을 수 있을 것인가?

구결만 얻는다면 그의 인생은 그날로 완전히 달라질 터!

하기에 오늘 주어진 천금과 같은 기회를 절대로 놓칠 수 없었다.

'부디 날 원망하지 마라, 애송이.'

그리고 막 당보낭에서 사천당가가 자랑하는 칠대금용암기를 모조리 꺼내려는 찰나였다.

쩌저저적—!

당보낭에 닿자마자 차가운 얼음 막으로 뒤덮이는 그의 오른손.

뿐만 아니라 당종원이 내쉬는 입김 역시 한겨울처럼 새하얗게 물들었다.

"이, 이건……!"

저도 모르는 사이, 온몸이 얼어붙는다는 사실에 당황한 그의 귓가로 한 줄기 음성이 들려왔다.

"당신의 상대는 나야."

"뭣이?"

그제야 당종원은 똑바로 음성의 주인을 바라봤다.

그러자 홍의 궁장의 미녀, 신수연이 말했다.

"부디 당신의 암기가 부족하지 않길 바랄게."

"갑자기 무슨 헛소… 으음!"

당종원은 말하다 말고 신음성을 흘렸다.

푸른 안개와 함께 신수연의 주변에 둥둥 떠 있는 하얀 입자들.

그건 다름 아닌 얼음 알갱이었다.

한령마기로 대기 중의 수분을 얼린 것이다.

심지어 얼음 알갱이의 숫자는 줄어들기는커녕 시시각각 늘어나고 있었다.

이에 당종원은 깨달았다.

자신의 암기가 부족하지 않길 바란다는 신수연의 말뜻을.

"빌어먹을……!"

그리고 당종원이 외마디 욕지거리를 내뱉기 무섭게 얼음 알갱이의 비가 억수처럼 쏟아지기 시작했다.

第六章
천라지망(天羅地網)

“슬슬 시작되었겠군.”

방만한 자세로 태사의에 앉아서 날카로운 비수로 유유히 손톱을 정리하던 혈승이 문득 말했다.

그러자 그의 옆에 시립한 중년인, 목장홍은 조심스레 고개를 숙인 채로 말했다.

“약 일각 전에 암왕과 혈영사신이 조우했다고 합니다.”

“빠르군. 그나저나 천라지망은 완벽하게 채워졌나?”

혈승의 물음에 목장홍은 고개를 끄덕였다.

“총 여섯 겹의 천라지망이 만들어졌습니다. 생각보다 지원

자가 많았던 터라…….”

“크크큭, 당연하지. 그놈들 중에서 욕심에 눈이 먼 자가 어디 한둘이어야지.”

혈승의 입꼬리가 비릿하게 올라갔다.

십대마공 중 하나를 내려주겠다.

불완전한 구결만 일부 전수받은 그들의 입장에선 그 말이 천금과도 같은 기회처럼 보일 것이다. 특히 당종원과 같은 이들은 더더욱 눈이 뒤집혔으리라.

하나 그들보다 먼저 혈승에게서 완전한 십대마공을 전수받은 자들은 알고 있었다.

겉보기에는 달콤해 보이지만, 그것이 엄연히 그들의 남은 평생을 옥죄는 목줄이자 제약이라는 것을.

한 마디로 제 발로 불길 속으로 뛰어드는 부나방 신세가 되는 것이다.

하나 알면서도 말할 수 없었다.

그리했다간 기껏 부지하고 있는 목숨을 송두리째 잃고 말 테니까.

혈승은 의미심장한 미소를 지으면서 말했다.

“어디 부나방들의 활약을 지켜볼까?”

그에게 이건 어디까지나 하나의 여흥에 불과했다.

타인의 피와 죽음을 보면서 즐기는 여흥.

하나 그의 기대는 뒤에 시립하고 있던 목장홍의 옆으로 한 사내가 다가오는 순간, 어긋나고 말았다.

"지, 지금 막 두 번째 천라지망까지 돌파당했다고 합니다!"

목장홍은 연신 식은땀을 흘리면서 말했다.

천라지망이 펼쳐진 지 불과 일각도 채 지나지 않았다.

한데 총 여섯 개의 천라지망 중 벌써 두 번째 천라지망까지 뚫렸다는 건 꽤나 심각한 문제였다.

이에 손톱을 다듬던 혈승의 손짓이 우뚝 멈추었다.

"두 번째 천라지망까지 뚫렸다고? 각 구역의 담당자가 누구지?"

혈승의 물음에 목장홍은 재빨리 답했다.

"첫 번째 천라지망은 암왕이, 두 번째 천라지망은 낭왕(浪王)이 담당하고 있습니다."

"암왕은 그렇다 쳐도, 낭왕까지?"

혈승의 눈에 이채가 떠올랐다.

첫 번째 천라지망을 맡은 암왕 당종원은 가진 바의 능력에 비해서 욕심이 너무 지나친 인물이었다.

애당초 선천적인 장애에 대한 열등감과 그로 인한 독기가 아니었다면 그만큼의 경지에도 이르지 못했을 자다.

하지만 낭왕 서운상은 달랐다.

그는 어린 나이에 낭인계에 뛰어들어서 수없이 많은 생과

사의 경계를 누비면서 기어코 화경급의 무위에까지 오른 독보적인 인물이었다.

만약 그가 세운 낭야벌(浪野閥)이 막 자리 잡아가던 초창기에 천사련과의 세력 다툼에서 패하지만 않았어도, 지금쯤 낭왕의 명성은 백염도제나 흑마신 등과 당당히 어깨를 나란히 하고 있었을 터.

그만큼 그는 혈승이 포섭한 고수 가운데서도 진짜배기였다.

또한 낭왕이 혈승에게 사사한 십대마공은 혈천마라도(血天魔羅刀).

같은 강기로도 결코 뚫을 수 없는 핏빛 강기의 그물로 하늘마저 가두어버리는 실로 무서운 도법이었다.

한데 그마저 뚫렸다?

혈승은 다시금 목장홍에게 물었다.

"당한 것이냐?"

물음에 목장홍은 고개를 내저었다.

"그건 아니랍니다."

당종원이 맡은 첫 번째 천라지망은 생각 외로 쉽게 뚫렸다.

신수연의 무자비하기 그지없는 한령마기에 의한 결과였다.

하지만 두 번째 천라지망은 달랐다.

사실상 잠시나마 이신 일행의 발길이 멈춘 것도 두 번째 천라지망을 진두지휘한 낭왕의 힘이 컸다.

그래 봐야 일각 정도밖에 묶어두지 못했지만.

"일단 낭왕이 다시 한 번 기회를 달라면서 혈영사신의 뒤를 쫓는 중이랍니다. 어찌할까요?"

"흠."

다른 이었다면 일언지하에 헛소리하지 말라고 했을 것이다.

원래 혈승은 한 번 실패한 자에게 두 번의 기회를 주지 않는 성격이었다.

하나 상대는 낭왕이었다.

뭣보다 야생의 늑대처럼 끈질기게 물고 늘어지고, 웬만해서는 포기를 모르는 근성이 그가 가지고 있는 최고의 장점이었다.

실제로 낭야벌의 멸문 이후, 당시 자신보다 한 수 위의 고수였던 천사련주 좌무기를 상대로 무려 아흐레 동안 쫓아다니면서 괴롭힌 일화로 유명한 그가 아닌가?

그 때문에 좌무기는 지금도 낭왕하면 절로 치가 떨린다고 했다.

그런 낭왕이라면 비록 한 번 놓치긴 했지만, 다시금 이신의 발목을 붙잡을 수 있을 것이다.

혈승은 잠시 생각에 잠기더니 곧 입을 열었다.

"아직 천라지망에 가담하지 않는 자들 중에서 쓸 만한 이가 누가 있지?"

혈승의 질문에 목장홍의 머리가 빠르게 회전했다.

저와 같은 질문을 했다는 것 자체가 혈승이 낭왕에게 한 번 더 기회를 주기로 결정했다는 뜻일 터.

하나 무작정 낭왕 한 명만 믿고 일을 진행할 수는 없는 일.

목장홍은 대번에 혈승의 의도를 간파했다.

'한 사람 더 붙이시려는 거다.'

적어도 낭왕 못지않은 실력자를.

때마침 목장홍의 뇌리로 적당한 인물이 떠올랐다.

"…당장 잔월광마(殘月狂魔)를 보내겠습니다."

* * *

콰득—!

소름 돋는 탈골음과 함께 복면인의 목이 뒤로 돌아갔다.

쓰러지는 그의 앞에는 단무린이 은빛 의수를 앞으로 내민 채로 서 있었다.

"헉, 헉, 헉—!"

그의 호흡은 평소와 달리 가빠진 상태였다.

원래 그는 이렇게 본신의 육체를 직접 이용해서 싸우는 부류의 무인이 아니었다.

진야환마공이라면 간단히 달려드는 복면인들을 일거에 쓸어버릴 수 있을 터.

그럼에도 이렇게 일일이 몸으로 직접 때우고 있는 이유는 간단했다.

―탈출할 때를 대비해서 최대한 힘을 아껴라.

그림자와 그림자 사이를 자유로이 오가는 그의 진야환마공은 여느 신법 이상으로 빠른 이동을 자랑하는 무학이었다.

그건 이신조차 인정할 정도였으나, 문제는 내력의 소모였다.

진야환마공을 유지하는 데에는 막대한 내력이 소모되었다.

단기전이라면 몰라도 장기전에는 맞지 않았다.

비록 이전보다 경지가 높아져서 소모량도 상당수 줄어들긴 했지만, 그래도 마구잡이로 아무 데나 펼칠 정도까지는 아니었다.

거기다 시도 때도 없이 흑월의 복면인들이 공격해 왔다.

그들을 상대로 무의미하게 진야환마공을 남발했다간 정작 나중에 유세화를 구출하고 도망칠 때 못 쓰게 되는 사태가 벌어질 수도 있었다.

그렇기에 이신은 가급적 그에게 진야환마공의 남발을 자제시켰다.

엄연히 전략적인 판단하에서의 명령이었기에 단무린도 그에 군소리 없이 따랐지만, 그래도 역시 힘든 건 힘든 거였다.

그렇다 보니 뒤에서 소리 없이 접근하는 복면인의 존재를 미처 눈치채지 못했다.

이내 복면인의 협봉검이 싸늘한 빛을 머금은 순간,

퍼벅!

복면인의 머리가 수박처럼 터져 버렸다.

졸지에 목 없는 시체가 된 그는 힘없이 앞으로 쓰러졌고, 뒤늦게 인기척을 느낀 단무린이 서둘러 몸을 돌렸다.

그러자 그곳에는 이신이 서 있었다.

"긴장 좀 해라."

손에 묻은 핏물을 대충 툭툭 털어대면서 이신이 한마디 하자 단무린의 이맛살이 절로 찌푸려졌다.

"하아, 이 꼴을 보고도 그러십니까?"

이미 단무린은 한계에 도달했다.

안 그래도 육체적인 능력이 상대적으로 떨어지는 그가 이만큼 버틴 것만으로도 용한 일이었다.

거기다 이미 천라지망을 하나도 아니고 두 개를 한꺼번에 돌파한 상황 아닌가.

더욱이 첫 번째 천라지망에서 신수연과 잠시 동안 갈라진 두 사람이었다.

실상 두 사람이 첫 번째 천라지망을 빠르게 돌파할 수 있었던 것도 신수연이 암왕 당종원을 전담해서 맡았기 때문이었다.

말하자면 두 번째 천라지망부터 이신과 단무린, 단둘만의 힘으로 돌파했다는 뜻이었다.

단무린의 엄살 아닌 엄살에 이신의 입꼬리가 올라갔다.

말은 저리 해도, 단무린은 충분히 자기가 할 수 있는 이상을 하고 있었다.

방금 전과 같은 실수?

그 정도야 이신이 얼마든지 중간에서 막아줄 수 있었다.

지금 이신은 각 천라지망의 중심을 이루는 자들만 전담해서 처리하고 있었다. 그사이, 단무린은 주변 잔챙이가 이신을 방해하지 않게끔 중간에서 처리했다.

철저한 분담이었는데, 신기한 것은 누가 먼저 상세히 말하지 않았음에도 저절로 그리하고 있다는 사실이었다.

그럴 수밖에 없는 것이 정마대전 시절, 혈영대는 적진의 진영을 파고들었다가 빠져나오는 일이 허다했다.

당연히 다수의 상대에게 둘러싸이는 경우도 많았고, 그렇다 보니 저절로 나름의 호흡이 맞춰진 것이다.

그러한 전장에서의 경험이 유감없이 발휘되는 순간이었으나, 완전하지는 않았다.

고영천과 문채희.

혈영대 시절 고영천은 언제나 철혼갑을 앞세워서 일행의 든든한 방패가 되어주었고, 문채희는 유령처럼 적의 시야에서 사라졌다 나타나면서 현혹시켰다.

새삼 저마다 제 역할을 잘해주던 두 사람의 빈자리가 크다는 게 느껴지는 순간이었다.

하나 언제까지고 그들의 부재를 안타까워할 때가 아니었다.

이신은 단무린의 호흡이 어느 정도 안정되었다 싶을 때, 입을 열었다.

"일조장은?"

첫 번째 천라지망에서 그녀만 놔두고 온 게 못내 신경 쓰이던 그였다.

이신의 물음에 단무린의 표정도 살짝 어두워졌다.

"아직 연락이 없습니다만……."

그 또한 이신과 마찬가지로 신수연을 걱정하고 있었다.

방금 전까지 혼전을 치르느라 그에 대해서 잠시 잊고 있었을 뿐이었다.

장내의 분위기가 어두워지는 것도 잠시, 갑자기 이신의 눈빛이 확 바뀌었다.

동시에 단무린이 몸을 옆으로 돌리면서 은린비의 손목 부분을 위로 꺾었다.

퓨퓨퓨퓨퓨퓨퓽—!

그러자 꺾인 손목 관절 사이로 숨겨져 있던 작은 구멍 틈새로 미세한 우모침이 발사되었다.

은린비에 숨겨져 있는 암기 중 하나였다.

순식간에 우모침은 단무린 앞에 있던 커다란 바위 위를 덮쳤고, 졸지에 고슴도치 신세가 된 바위를 노려보면서 이신은 싸늘하게 외쳤다.

"나와!"

그러자 바위 뒤에서 전신이 흙터로 뒤덮였다고 해도 과언이 아닌 늑대 가죽 차림의 사십 대 장한이 모습을 드러냈다.

"나를 피해서 여기까지 도망치다니. 거기다 은신까지 꿰뚫어볼 줄이야. 특별히 칭찬해 주마."

장한을 본 이신과 단무린의 표정이 살짝 굳어졌다.

낭왕 서운상.

그와는 이번이 두 번째 대면이었다.

방금 전 지나쳐 온 두 번째 천라지망의 책임자가 바로 그였기 때문이다.

간신히 떨쳐낸 줄 알았던 그가 설마 이곳 세 번째 천라지망까지 따라오다니.

'정말 알려진 것 이상으로 끈질긴 자로군.'

단무린이 속으로 혀를 내두를 때, 이신은 이해할 수 없다는 표정으로 말했다.

"왜 여기까지 따라온 거지?"

이미 서운상은 사실상 이신 일행을 놓친 시점에서 패한 거나 마찬가지였다.

그런데 굳이 세 번째 천라지망까지 따라온 것은 일반적인 상식으로는 이해하기 어려웠다.

이신의 물음에 서운상의 얼굴 흉터가 살짝 일그러졌다.

딴에는 미소를 지은 것인데, 흉터 때문에 무척 기괴한 몰골이었다.

그걸 아는지 모르는지 서운상은 계속 미소를 유지하면서 말했다.

"천사련주, 그자한테 개인적으로 갚아야 할 빚이 있다."

"천사련주?"

이신의 미간이 살짝 찡그려졌다.

서운상의 미소가 더욱 기괴하게 일그러졌다.

"한데 듣자 하니 얼마 전에 네가 그를 압도했다고 하더구나."

'이런.'

이제 보니 서운상은 앞서 당종원과는 전혀 다른 이유로 이신에게 집착하고 있었다.

호승심!

천사련에 패해서 사라진 낭야벌의 수장으로서 천사련의 수장, 좌무기에 대한 서운상의 원한은 깊었다.

한데 그런 좌무기를 압도한 새로운 고수의 등장에 어찌 호승심을 느끼지 않으랴.

이신은 속으로 혀를 내찼다.

'골치 아프군.'

괜한 공명심이나 욕심 때문에 달려드는 자들보다 이런 자가 더 골치 아프고 끈질기게 마련이었다.

그런 이신의 생각이 틀리지 않았다고 증명하듯 서운상은 귀기 어린 미소를 지으면서 말했다.

"어디 그 실력, 제대로 감상해 보실까?"

말을 마치기 무섭게 서운상의 신형이 섬전처럼 이신을 향해서 쇄도했다.

그리고 곧이어 바람을 가르는 파공성과 함께 핏빛 그물이 온 세상을 뒤덮었다.

* * *

"초장부터 혈천마라도를 펼치다니. 어지간히 몸이 달은 모양이군."

이신과 서운상이 싸우고 있는 평야에서 얼마 떨어지지 않은 둔덕.

그 위에서 한 사내가 중얼거렸다.

마치 봇짐을 둘러맨 것처럼 등 뒤가 툭 튀어나온 게 누가 봐도 꼽추였다.

거기에 얼굴 한쪽이 화상으로 문드러져서 보는 이를 절로 움찔하게 만들었다.

비단 외모만 범상치 않은 게 아니었다.

그건 꼽추 사내의 두 손에 들린 반월 모양의 은륜(銀輪) 한 쌍만 봐도 잘 알 수 있었다.

쌍월마륜(雙月魔輪).

그것은 한 희대의 살인마를 상징하는 기병이기도 했다.

—잔월광마 공백령.

마교의 월음종 출신이자 과거 무림공적으로 불린 그의 악명은 실로 지독했다.

오죽하면 마교에서조차 그를 반드시 척살하라고 명령을 내렸을까?

그런 공백령조차 쉽사리 여기지 않는 상대가 바로 낭왕이었다.

한데 그 낭왕이 처음부터 전력을 다하는 상대라니.

흥미가 안 생긴다면 그게 더 이상한 일이었다.

때마침 하늘마저 가둔다는 핏빛 도강의 그물은 이신의 신형을 순식간에 감쌌다.

그걸 본 공백령의 입꼬리가 올라갔다.

'끝났군.'

혈천마라도는 단순히 강기의 그물을 만드는 것을 넘어서 눈에 보이지 않는 무형지기에 의한 압력으로 상대를 꼼짝달싹도 못 하게 하는 절기였다.

그걸 잘 아는 공백령이기에 이신이 강기의 그물에 무참히 잘려져 나갈 거라 확신했다.

하나 막상 서운상은 기뻐하기는커녕, 느닷없이 옆으로 바삐 이동했다.

순간 그의 움직임을 이해하지 못한 공백령이었으나, 곧 이유가 밝혀졌다.

부웅—!

싸늘한 바람 소리와 함께 방금 전까지 그가 서 있던 자리를 한 줄기 묵광이 스치고 지나갔다.

묵광의 정체는 바로 이신이 휘두른 영호검이 남긴 잔상이었다.

만약 서운상의 움직임이 조금만 늦었어도, 그의 몸은 이신의 검에 의해서 두 동강 나고 말았으리라.

"허!"

공백령은 저도 모르게 헛바람을 들이키더니 이내 기가 막힌다는 표정을 지었다.

도대체 어느 틈에 혈천마라도의 도세에서 벗어났단 말인가?

가까스로 이신의 공격을 피한 서운상도 내심 기가 막힌다는 표정이었다.

이윽고 그는 이를 악물면서 더욱 거세게 도세를 펼쳤으나, 이신은 종이 한 장 차이로 그의 공격을 모두 피해 버렸다.

그림자처럼 빠르면서도 은밀한 움직임.

혈영보의 보법이었다.

사막의 신기루처럼 붙잡힐 듯, 붙잡히지 않는 이신의 모습에 서운상은 바싹 약이 오른 듯 더욱 매섭게 공세를 펼쳤지만, 안타깝게도 그의 칼은 이신의 옷자락 하나 스치지 못했다.

그 광경을 지켜보던 공백령의 표정이 굳어졌다.

'저놈이 어찌 본 종의 신법을……!'

그는 창졸지간에 이신이 펼치고 있는 혈영보의 움직임 안에 월음종의 보신경이 일부 섞여 있다는 사실을 단번에 알아봤다.

거기다 단순히 섞은 걸 넘어서 그것을 자기만의 독자적인 움직임으로 승화시켰다는 것까지 깨닫는 순간, 그의 등골이 오싹해졌다.

'저놈, 도대체 누구야?'

공백령은 원래 그다지 중원의 정세나 주변 인물 등에 별다른 관심이 없었다.

그의 관심사는 오로지 피와 살육에만 집중되어 있었다.

흑월과 손을 잡은 것도 어디까지나 자신이 원할 때마다 마음껏 살육을 할 수 있다는 조건 때문이었다.

한데 그런 그조차 도대체 이신의 정체가 뭔지 궁금할 만큼 이신이 선보이는 무위는 실로 경이로웠다.

한참 두 사람의 숨 가쁜 공방을 지켜보던 공백령은 나지막한 음성으로 중얼거렸다.

"이래서 나를 보낸 건가?"

내내 갖고 있던 심중의 의문이 비로소 풀렸다는 표정이었다.

그러고는 곧 고민에 빠졌다.

'저놈을 어떻게 죽이지?'

경이로운 무위를 선보이는 이신을 일대일로 이길 자신은 없었다.

하나 그것과 그를 죽이는 것은 전혀 별개의 문제였다.

무공고하와 상관없이 고수도 엄연히 인간이었다.

그리고 공백령은 인간을 살해하는 데 있어서만큼 그 누구도 따라갈 수 없는 전문가였다.

그것을 증명하듯 일순 공백령의 삼백안(三白眼)이 요사하게 번들거리기 시작했다

마치 사냥감의 빈틈을 노리는 독사처럼.

* * *

'누군가 있다.'

서운상의 공격을 피하는 와중에 이신은 문득 어디선가 자신을 바라보는 시선을 느꼈다.

기파나 살기도 아닌 사람의 시선을 느끼다니.

예전 같으면 스스로도 말도 안 된다 여겼을 것이다.

하나 입신경을 넘어서 그 이상의 경지를 바라보는 이신의 감각은 상식을 넘어선 지 오래였다.

이미 그의 감각은 반경 십 장 안에 일어나는 모든 일을 한꺼번에 감지할 수 있는 수준이었다.

거기다 단순히 시선만 느낀 게 아니었다.

'나의 빈틈을 엿보고 있다.'

시선 속에 숨겨진 적의 의도까지도 이신은 대충 짐작할 수 있었다.

내내 그가 서운상의 공격을 너무나 쉽게 피할 수 있었던 것도 그 때문이었다.

남들과 다른 감각 속에서 살아가는 것.

그것 자체만으로도 이미 이신은 다른 이들과 완전 다른 세상에서 살아가는 느낌이었다.

평소에는 그것을 경계했지만 지금은 찬밥 더운밥 가릴 때가 아니었다.

무엇보다도 서운상은 쉽지 않은 상대였다.

실력도 실력이지만, 그 집념과 끈기가 상대하는 사람을 질리게 만드는 구석이 있었다.

한시라도 빨리 유세화를 구하러 가는 이신의 입장에선 가히 최악의 상대라고 볼 수 있었다.

더군다나 앞서 단무린에게 지시했던 것처럼 이신도 어느 정도 체력 배분에 신경 쓰지 않으면 안 되었다.

안 그랬으면 진즉에 심검을 펼쳐서 서운상을 떨쳐냈으리라.

'시간이 없다.'

점점 인근으로 몰려드는 인기척이 느껴졌다.

세 번째 천라지망을 이루는 흑월의 무인들이었다.

서운상을 상대로 발목을 붙잡힌 대가였다.

[형님!]

단무린의 다급한 전음성이 들려왔다.

그 또한 포위망이 좁혀지는 것을 눈치챈 것이다.

'어쩌지?'

순간 이신은 고민에 빠졌다.

그냥 서운상을 무시하고 전속력으로 천라지망을 벗어나는 데 집중할까?

아니면 다소의 위험을 감수해서라도 이참에 그를 완전히 쓰러뜨리는 게 나을까?

한시라도 빨리 양자택일해야 했다.

'이자는 결코 쉽게 포기할 자가 아니다.'

당장 여기서 피한다고 한들, 결국에는 또다시 부딪치고 말 것이다.

그리고 만에 하나 유세화를 데리고 도망칠 때, 그가 가장 선두에서 자신의 앞을 막아서기라도 한다면?

그거야말로 가장 최악의 상황이었다.

'그렇다면…….'

이신은 뭔가 결심한 표정을 지었다.

그러자 순간 서운상의 등골이 오싹해졌다.

'뭐지?'

방금 그의 육감이 거세게 경종을 울렸다.

경험상 이럴 경우, 높은 확률로 자기 자신도 감당할 수 없는 커다란 위기가 닥쳐왔다.

일례로 잠깐 외유를 나간 사이, 천사련주 좌무기에 의해서 그의 모든 것이라고 할 수 있는 낭야벌이 쑥대밭이 된 날에도 이와 비슷한 걸 느꼈다.

그때는 그냥 별일 아니겠거니 하고 대충 넘겼었는데, 이번에도 똑같은 실수를 반복할 수는 없었다.

서운상은 즉각 공격을 중단하고, 황급히 이신에게서 멀어졌다.

결과적으로 그의 판단은 옳았지만, 그보다 이신이 손을 쓰는 게 더 빨랐다.

파파파팡—!

연속적으로 울리는 북 터지는 음향!

서운상의 상반신도 음향에 맞춰서 들썩거렸고, 이윽고 그는 뭐라 알아들을 수 없는 소리를 내뱉으면서 바닥에 힘없이 주저앉았다.

그와 동시에 이신의 등 뒤로 한 쌍의 륜이 날아왔다.

이신이 서운상을 공격하면서 생긴 찰나의 빈틈을 노린 회심의 기습이었다.

하나 이신은 불규칙한 궤도를 그리면서 날아오는 한 쌍의 륜을 보고 놀라기는커녕 오히려 마중이라도 나가듯 그를 향해서 양손을 내밀었다.

남들이 보기엔 자살행위와도 같은 행동!

그러나 날카로운 륜의 날이 이신 손과 맞닿는 순간, 마치 아교라도 바른 듯 륜이 그의 손바닥에 철썩 달라붙었다. 심지어 회전조차 멈추지 않은 채로.

그렇게 두 개의 륜을 손에 넣은 이신은 이내 양손을 비틀었고, 그 순간 그의 양손에 달라붙었던 두 개의 륜은 언제 그랬냐는 듯 다시 원래 날아왔던 방향으로 되돌아갔다.

이전보다 훨씬 더 빠른 속도로 말이다.

숨어서 그 광경을 지켜보던 공백령의 안색이 단번에 사색으로 물들었다.

'이, 이건 말도 안 돼!'

보고도 믿을 수 없는 사실이지만, 지금 이신이 자신의 애병인 쌍월마륜을 상대로 펼친 것은 분명 화경의 수법이었다.

화경이란 상대의 힘을 거스르지 않고, 오히려 그 흐름에 편승해서 자신의 뜻대로 이용하는 상승의 기술이었다.

대표적으로 화경의 무리를 토대로 하는 절학이 무당파의 태극권이었는데, 아예 사기종인(舍己從人)이라는 요결이 따로 존재할 정도로 유명했다.

한데 이신의 화경은 태극권에서 추구하는 사기종인의 이치를 추구하는 것을 넘어서 그를 뛰어넘는 신위마저 선보였다.

그는 아예 쌍월마륜에 실린 공백령의 내력 자체를 자신의 뜻대로 비틀어 버린 것이다.

하나 공백령이 놀란 것은 따로 있었다.

'도대체 어떻게 내 공격을 눈치챈 거지?'

분명 자신은 살기도 제대로 숨겼고, 기척도 일절 드러내지 않았다.

한데도 이신은 마치 자신의 공격을 미연에 알고 있었기라도 하듯 너무나 자연스럽게 받아내는 것도 모자라서 생각지도 못한 반격까지 했다.

덕분에 공백령은 저도 모르게 멍하니 서 있다가 그만 자신의 애병에 의해서 목이 달아날 뻔했다.

"크윽!"

가까스로 쌍월마륜을 받아든 공백령의 머리 위로 그림자가 내려앉았다.

'벌써?'

놀라면서도 반사적으로 쌍월마륜으로 머리를 보호하는 공백령.

그와 함께 한 줄기 묵광이 그 위로 벼락처럼 떨어졌다.

쾅!

마치 천둥소리와도 같은 굉음과 함께 공백령의 몸이 아래로 내려앉았다.

정확히는 아예 발째로 땅속에 파묻힌 것이다.

그 충격에 공백령은 쉬이 움직이지 못했고, 그 틈에 이신의 두 번째 공격이 쏟아졌다.

콰광—!

굉음과 함께 이신의 신형이 뒤로 물러났다.

그의 시선이 날카롭게 정면으로 향했다.

원래라면 방금 전의 일격으로 공백령은 끝장났어야 했다.

하나 막힐 리 없는 그의 공격이 도중에 막히고 말았다.

방해꾼이 나타난 것이다.

'저자는…….'

위기에 빠진 공백령을 구해준 것은 뜻밖에도 앞서의 공격으로 쓰러진 줄 알았던 서운상이었다.

"하아, 하아, 하아……. 의, 의외라는 표정이구나."

"부정하지 않겠소."

이신이 서운상의 몸에 꽂아 넣은 공격은 그냥 공격이 아니었다.

팔열수라수의 절초, 중합내중격이었다.

그걸 정통으로 맞고도 살아 있다?

어지간한 고수라도 심맥과 오장육부가 녹아내려서 절명해야 마땅하거늘.

생각지도 못한 반전이었다.

"크, 크크크큭! 나, 나를 너무… 얕보지 말거라……."

힘없는 미소와 함께 서운상은 자신의 도를 힘겹게 들어올렸다.

그 모습을 보면서 이신은 내심 고개를 끄덕였다.

하긴 생각해 보면 혈천마라도를 얻기 전에도 서운상은 본연의 노력만으로 낭왕이란 명호를 얻을 정도로 강했다.

더욱이 웬만한 무림인들보다도 적자생존의 세계라는 낭인계를 주름잡던 그가 아닌가.

그런 그에게 남들 몰래 숨겨둔 비장의 요상결이나 속생법(續

生法)이 없을 리 만무했다.

하나 완전히 다 막은 건 아닌 모양이었다.

나름 꿋꿋하게 서 있는 것도 잠시, 곧 쿨럭거리면서 서운상은 핏물 한 사발을 토해냈다. 그 안에는 반쯤 녹아내린 내장 조각도 섞여 있었다.

살짝 휘청거리기까지 하는 그의 옆으로 공백령이 슬쩍 어깨를 나란히 했다.

"거의 다 죽어가는 주제에 강한 척하기는."

딱히 동료애가 싹트거나 한 건 아니었다.

그저 이신을 상대하려면 두 사람이 함께 손잡는 게 그나마 가능성이 높다는 것을 깨달았을 뿐이다.

하나 그들이 미처 간과한 사실이 있었다.

"슬슬 시간이 다 됐군."

갑작스러운 이신의 말에 서운상과 공백령이 순간 의아한 표정을 지었다.

그리고 그것은 곧 경악으로 바뀌었다.

스르르르륵—

순식간에 자신의 그림자 속으로 녹아드는 이신.

그와 함께 그의 그림자가 살아 있는 생명체처럼 빠르게 장내를 빠져나가기 시작했다.

단무린의 진야환마공이었다.

이신이 두 사람과 싸우고 있는 사이, 단무린은 모습을 숨긴 채 필사적으로 운기조식에 매달려서 소진했던 내력을 일부나마 회복했다.

덕분에 앞으로 한두 번 정도는 진야환마공을 이용한 고속 이동을 할 수 있게 되었다.

애당초 이신이 빨리 끝낼 수 있는 싸움을 다소 오래 끌었던 것은 체력 분배 이전에 단무린이 내력을 회복할 수 있는 시간을 벌기 위함이었던 것이다.

졸지에 닭 쫓는 개 신세가 된 두 사람은 뜻밖의 상황에 대한 당혹감과 허탈함에 한동안 아무 말도 하지 못했다.

이윽고 공백령이 간신히 한 마디를 내뱉었다.

"…당했군."

이제 그들이 할 수 있는 건 아무것도 없었다.

그저 이대로 나머지 천라지망까지 허무하게 뚫리지 않기만을 바랄 뿐이었다.

* * *

"크, 큰일 났습니다, 혈승이시여! 놈들이 세 번째 천라지망을 돌파했습니다!"

목장홍의 다급한 보고에 혈승은 느긋하게 오른손에다 턱을

귄 채 말했다.

"현 위치는?"

"그, 그게 노, 놈들의 종적이 갑자기 사라져 버렸습니다. 마치 땅으로 꺼진 것처럼……."

"환마종의 환술사 애송이의 짓이군."

혈승은 대번에 이신이 단무린의 진야환마공으로 이동하고 있음을 간파했다.

그는 웃으면서 말했다.

"이런 식으로 본 월의 천라지망을 농락하다니. 겁도 없는 녀석이로군."

반면 목장홍은 초조한 표정으로 말했다.

"이대로 가다간 모든 천라지망이 뚫리고 말지도 모릅니다. 뭔가 조치를……."

"이제 보니 네놈은 본좌를 너무 우습게 보는 구나."

"예? 그게 무슨 말씀이신… 헉!"

목장홍은 말하다 말고 바로 바닥에 넙죽 엎드렸다.

혈승의 눈에서 요사스러운 혈광이 번뜩임과 동시였다.

덜덜 떨어대는 그의 등에다 대고 혈승은 말했다.

"최후의 패는 언제나 마지막까지 숨겨두는 법. 그자가 있는 한, 혈영사신 그놈이 제시간에 본좌한테 당도하는 일은 없을 것이다."

'그자라면, 설마……?'

혈승이 저리도 자신만만하게 말할 정도의 실력을 가진 자는 오직 한 사람뿐이었다.

혈승이 흥미롭다는 듯 말했다.

"신창과 사신의 대결이라, 실로 기대되는군."

*　　　*　　　*

단무린의 진야환마공은 실로 사기에 가까운 기술이었다.

그림자 속에 동화된 채로 이동하니 중간에 기척을 들킬 염려가 없기와, 뭣보다 이동 속도도 보통 경신술로 이동하는 것보다 훨씬 빨랐다.

실제로 지금 이신과 단무린은 세 번째 천라지망을 지나서 네 번째 천라지망을 막 돌파하고 있었다.

낭왕 등에게서 도망친 지 불과 일다경만의 쾌거였다.

하나 다섯 번째 천라지망에 막 진입할 즈음, 내내 거칠 것 없이 질주하던 그림자가 처음으로 멈추었다.

"왜 그러느냐, 무린?"

이신의 물음에 내내 어둠에 동화되었던 단무린이 모습을 드러내면서 한쪽을 가리켰다.

"저길 보십시오, 형님."

그가 가리키는 방향으로 이신의 고개가 돌아갔다.

그러자 선명한 백적토 자국이 보였다.

소유붕이 남긴 표식이었다.

이전과 다른 게 있다면 백적토 사이로 혈흔이 살짝 엿보인다는 점이었다.

'부상을 입었군.'

제아무리 은밀하게 이동한다고 하지만, 엄연히 이곳은 천라지망의 한복판이었다. 부상을 당하는 것도 무리는 아니었다.

하나 정작 놀랄 부분은 따로 있었다.

'서북… 육?'

이신의 표정이 순간 딱딱하게 굳어졌다.

유세화의 안전을 가리키는 숫자가 전보다 족히 두 배는 커졌다.

도대체 그 잠깐 사이에 유세화의 신변에 무슨 변화가 일어난 거란 말인가?

정확한 정황이 아닌 대략적인 수치만으로 나타낸 터라 오히려 이신의 불안감이나 혼란은 더욱 가중되었다.

덕분에 이신은 순간적으로 평정을 잃을 뻔했지만, 겨우 이성의 한 가닥을 붙잡았다.

'억측해선 안 된다. 직접 내 눈으로 화매의 상태를 보기 전까지는.'

냉정을 되찾아야 한다.

그리 생각하면서 호흡을 천천히 가다듬는데, 문득 단무린의 음성이 들려왔다.

"형님, 괜찮으… 십니까?"

뭔가 조심스러운 말투.

왜 그런가, 하고 바라보니 그가 아까 전보다 창백해진 얼굴로 말했다.

"방금 전, 갑자기 형님한테서 뿜어져 나오는 살기 때문에 이 공간이 통째로 무너질 뻔했습니다."

"아……."

그의 설명에 이신은 그제야 좀 전에 자신이 평정을 잃었을 때, 저도 모르게 살기가 방출되었다는 걸 깨달았다.

'이런, 실수하고 말았군.'

단무린의 진야환마공의 경지가 조금이라도 더 낮았다면, 그야말로 큰일 날 뻔했다.

당장 이렇게 쉴 수 있는 것도 그가 진야환마공으로 외부와 격리된 공간을 만들었기에 가능한 일 아닌가.

그런 소중한 공간을 자신의 손으로 무너뜨릴 뻔했다는 사실이 실로 민망할 지경이었다.

더욱이 단무린의 얼굴이 창백한 것은 이신의 살기에 정면으로 맞서면서 내부가 살짝 진탕되었다는 뜻 아니겠는가.

이신은 진심으로 미안하다는 표정으로 단무린에게 말했다.

"미안하다, 무린. 다음부턴 조심하도록 하마."

원래 입신경 이상의 고수일수록 마음의 평정을 유지하는 게 중요하다.

더욱이 이신과 같은 심상경의 기예를 펼칠 수 있는 고수일수록 그것은 필수였다.

왜냐하면 심상경의 고수는 단순히 누군가에 대한 살의만 떠올려도, 그것이 곧바로 형태를 갖춰서 주변 사람을 공격하는 양날의 검이 될 수도 있었으니까.

평소의 그라면 절대 하지 않았을 실수였는데, 그만큼 유세화의 신변이 걱정되어서 평정을 유지하기 어렵다는 반증이기도 했다.

단무린도 이해한다는 표정으로 말했다.

"아무튼 이제 슬슬 이동하도록 하죠."

소유붕이 남긴 표식을 확인했으니 더 이상 이곳에 머무를 하등의 이유가 없었다.

이신도 동감하기에 고개를 끄덕였고, 이윽고 다시금 그림자가 움직였다.

하나 얼마 지나지 않아서 그들은 다시금 멈춰 섰다.

"저건?"

멈춰 선 그들의 앞에 여러 구의 시체가 나뒹굴고 있었다.

모두 흑월의 무인이었다.

그리고 그 시체의 길을 따라가자 그 끝에서 두 인영이 싸우는 게 보였다.

한 명은 자기의 키보다 더 긴 장창을 수족처럼 자유자재로 다루는 삼십 대 청의장한이었고, 그와 맞서는 또 한 명은 다름 아닌 소유붕이었다.

그의 몰골은 말이 아니었다.

꽤나 오랫동안 청의장한에게 시달린 듯 그의 몸에 난 상처들은 죄다 창에 꿰뚫리거나 창날에 스친 것이었다.

지난날 철마 여군위와의 싸움 등에서 어처구니없이 일행의 발목을 붙잡았던 까닭에 소유붕은 이전보다 수련에 몰두했다.

그 결과, 그의 무위는 이제 입신경을 코앞에 둔 상태였다.

실로 장족의 발전.

특히 경신술의 경우에는 이신조차 까딱 잘못하면 시야에서 그의 신형을 놓치고 말 정도로 눈부신 발전을 이루었다.

한데 그런 소유붕이 한낱 창을 피하지 못한다?

답은 간단했다.

상대가 그 움직임을 뛰어넘을 만큼 대단한 고수라는 소리였다.

당장 소유붕을 향해서 내지르는 청의장한의 창질만 봐도 그 사실은 여실히 드러났다.

후웅—!

공기를 가르며 날아가는 장창!

그 일련의 동작에는 일체의 군더더기가 없었고, 정확하게 일점만을 노렸다.

거기다 소유붕이 가까스로 피하면, 능수능란하게 공격의 방향을 바꿔서 마치 원래부터 노렸다는 양 재차 찔러 들어왔다.

찌르기를 펼치는 도중에 힘의 수발이 자유롭다는 건 이미 병기를 자신의 의지하에 다루고 있다는 뜻.

거기다 청의장한은 소유붕이 간간이 반격으로 펼치는 푸른색 선강을 같은 강기도 아닌 일반 창날만 이용해서 무력화시켰다.

흔히 강기는 강기로만 상대할 수 있다는 상식을 송두리째 무너뜨리는 행동!

그것만 봐도 청의장한이 앞서 이신이 상대한 낭왕이나 잔월광마 따위와는 아예 차원이 다른 고수라는 것을 알 수 있었다.

하나 이대로 계속 그의 실력에 감탄만 하고 있을 수는 없었다.

이신은 즉각 검집을 툭 두드렸다.

그러자 마치 주인의 부름을 받고 달려 나오듯 영호검이 저절로 검집에서 빠져나왔다.

한 차례 이신의 주변을 빙빙 맴돌던 영호검은 이윽고 이신의 검결지가 청의장한을 가리키는 순간, 눈 깜짝할 새에 공간을 뛰어넘으면서 날아갔다.

청의장한의 입장에서 본다면 아무것도 없던 방향에서 난데없이 검이 날아온 격이었다.

하나 이어진 청의장한의 대응은 실로 예상 밖이었다.

끼릭—!

그는 날아오는 영호검을 용케 간발의 차로 피하는가 싶더니 양손으로 대뜸 장창의 창간을 붙잡았다.

그리고 각기 다른 방향으로 창간을 비트는 순간, 장창은 순식간에 두 자루의 단창으로 나뉘었다.

왼손의 단창에는 원래 사용하던 창두가 달려 있었고, 오른손의 단창은 반대쪽 준(鐏 : 창끝에 끼우는 뾰족한 쇠) 부분을 창두처럼 사용하는 식이었다.

청의장한은 개중 왼손의 단창을 있는 힘껏 날렸다.

쿠앙—!

그러자 앞서 날아가던 영호검의 뒤를 맹렬히 뒤쫓으면서 날아가는 단창!

그런 단창의 추적을 비웃기라도 하듯 영호검이 중간에 방향을 거꾸로 선회했다.

비검술이 아닌 이기어검이기에 가능한 움직임!

그렇게 앞서 날린 단창이 어처구니없이 빗나가자 청의장한은 망설임 없이 오른손에 남아 있는 단창도 마저 휙 던졌다.

끼이이이이잉—!

허공에서 서로 부딪치는 영호검과 단창!

적잖은 내력이 실린 탓에 둘은 곧 눈에 보이지 않은 힘겨루기에 들어갔고, 그 사이 청의장한은 무방비 상태가 되고 말았다.

내내 그를 상대하던 소유붕의 입장에서 그건 놓칠 수 없는 절호의 기회였다.

"타핫!!"

소유붕의 신형이 여러 개로 나뉘더니 사방에서 청의장한을 공격했다.

무엇이 허실인지 분간키 어려울 만큼 화려한 움직임!

거기서 그치지 않고, 소유붕은 수중에 든 섭선에 모든 내력을 집중했다.

츠즈즈즈즈즈—!

벌 떼가 한꺼번에 날갯짓하는 듯한 기음과 함께 섭선이 푸른 광채에 휩싸였다.

그리고 그 광채가 한 점에 모여서 푸른빛 구슬로 화하려는 순간,

쿠과과과광—!

갑자기 섬전처럼 날아온 무언가가 구슬이 되기 직전의 광

채와 부딪쳤다.

그것은 다름 아닌 앞서 영호검에 의해서 멀리 날아간 줄로만 알았던 첫 번째 단창이었다.

그걸 본 순간, 좌중의 뇌리에 떠오른 것은 하나였다.

'이기어창(以氣御槍)!'

놀랍게도 단순한 투창술인 줄만 알았던 청의장한의 수법은 이신이 펼친 이기어검과 동급인 이기어창이었다.

게다가 하나가 아닌 무려 두 개의 단창으로 펼치는 이기어창이란 점에 주목해야 했다.

'이로써 확실해졌군.'

이신은 한 치의 주저 없이 단언할 수 있었다.

아직 이름조차 모르는 청의장한.

저자는 틀림없는 입신경의 고수였다.

그것도 신수연처럼 갓 입문한 게 아닌, 상당히 숙련된 수준의!

한편 단창과의 충돌로 인해서 강환이 되기 직전의 푸른색 강기는 폭음과 함께 산산이 거짓말처럼 먼지가 되어 사라져 버렸다.

그럴 수밖에 없었다.

강환이 되다만 강기로 이기어창과 부딪치는 건 계란으로 바위 깨는 격이었으니까.

덕분에 소유붕의 내부는 그로 인한 여파로 일순 내기가 제멋대로 역류하기 시작했다.

"크어억—!"

급기야 소유붕은 핏물을 토하면서 뒤로 몸이 넘어갔다.

"제비!"

단무린은 서둘러 바닥에 쓰러지는 그를 그림자로 떠받쳤다.

저도 모르게 나와 버린 행동.

그와 동시에 청의장한의 시선이 정확하게 단무린과 이신이 숨어 있는 그림자 속으로 향했다.

'설마?'

혹시나 하는 순간, 허공에 떠 있던 단창이 다시금 허공을 갈랐다.

똑바로 그림자를 향해서!

'들켰다!'

단무린은 서둘러 이동하려고 했지만, 그러기엔 단창의 속도가 너무나도 빨랐다.

촤아아아아악—!

순식간에 갈라지는 어둠의 공간!

그와 함께 단무린은 일순 한 줄기의 빛살이 자신의 몸을 관통하는 듯한 착각에 빠졌다.

단창이 채 닿기도 전에 그의 심령이 먼저 단창에 실린 청의장한의 의념에 당하고 만 것이다.

그리고 그러한 착각이 실제로 이루어지기 직전, 한 줄기 백광이 중간에 끼어들었다.

카캉!

백광의 정체는 이신의 내기를 듬뿍 머금은 영호검이었다.

앞서 날아왔던 기세가 무색하게 튕겨져 나가는 단창을 청의장한은 묵묵히 받아 들었다.

나머지 손에도 이미 단창이 들려져 있었다. 좀 전까지 영호검과 힘겨루기를 하던 바로 그 단창이었다.

철컹—!

청의장한은 두 개의 단창을 하나의 장창으로 다시금 조립한 뒤, 창끝으로 이신을 가리켰다.

동시에 산발한 더벅머리 사이로 가려진 청의장한의 날카로운 시선이 번뜩였다.

마치 이신에게 다시 한 번 싸워보자고 재촉이라도 하는 것처럼.

이에 묵묵히 마주 보던 이신의 입이 열렸다.

第七章
신창(神槍)

"당신, 조가장(趙家莊)의 사람인가?"

조가장.

혹은 상산조가(常山趙家)라고 불리는 곳으로 지금의 신창양가나 산동악가보다 훨씬 오래전부터 창으로서 명성을 날렸던 명문가였지만, 작금의 무림에서 조가장의 무인은 찾아보기 어려웠다.

과거 마교와의 싸움으로 그만 조가장의 명맥 자체가 끊어져 버렸기 때문이다.

만약 명맥이 끊이지 않고 계속 이어졌다면, 아마도 신창이란 이름은 양씨가 아닌 조씨의 것이 되었을 것이다.

그것은 눈앞의 청의장한만 봐도 확연히 알 수 있는 사실이었다.

물론 이신이 조가장을 떠올린 것은 순전히 청의장한의 창법이 기존 신창양가나 산동악가의 것과는 확연히 다른 틀을 가지고 있기 때문이었다.

더욱이 그는 강했다.

과거 정마대전이라는 피비린내가 진동하는 전장에서 마주했던 그 어떤 창술의 고수보다도.

그렇기에 혹시나 하고 던진 물음이었는데, 청의장한은 난데없이 장창을 한 바퀴 휘돌리더니 어깨에다 척 올렸다.

그러고는 입꼬리가 소리 없이 올라갔는데, 그 모습은 영락없이 이신의 말이 정답이라고 온몸으로 대답하는 듯한 느낌이었다.

이에 이신은 바로 알 수 있었다.

청의장한이 자신을, 아니, 조가장을 여전히 기억하고 있는 이가 있다는 사실에 진심으로 기뻐하고 있다는 것을.

한순간이나마 적의를 거둔 채 진심 어린 미소를 머금은 게 그 증거였다.

왜일까?

이신은 왠지 모르게 청의장한의 반응을 이해할 수 있었다.

'무림에서 잊힌 자들의 후예……'

따져보면 이신도 비슷한 사정이었다.

그가 속한 염마종이나 유가장의 영호검주란 신분도 모두 나름의 사정으로 주변 사람들의 뇌리에서 잊힌 상태가 아니었던가?

그런 상태에서 어느 누구도 무시할 수 없는 고수로 성장하기란 너무나 지난한 일이었다.

웬만한 사람이라면 중도에 포기하거나 쓰러지는 일이 태반이었다.

하여 이신은 조가장의 후예로 추정되는 청의장한이 마냥 남처럼 느껴지지 않았고, 무언가를 인정받은 것에 기뻐하는 그의 마음이 이해되었다.

그러면서 동시에 깨달았다.

'위험해.'

쓰러뜨려야 할 적에게 동질감을 느낀다는 것만큼 위험한 일은 없었다.

같은 편이 될 게 아닌 이상, 이런 어정쩡한 마음가짐으로 싸움에 임하다간 언제 목이 달아나도 이상하지 않았다.

더욱이 청의장한은 그조차 무시할 수 없는 입신경의 고수.

제아무리 실낱처럼 얇은 마음의 빈틈이라도 어떻게든 비집고 들어와서 비참한 패배와 죽음을 동시에 안겨줄 수 있는 자였다.

그런 위험한 자를 이해하고 동질감을 느낀다?

오만이자 만용이었다.

오히려 경계하고, 또 경계해야 마땅했다.

"후우—!"

이신은 깊은 심호흡과 함께 마음을 다잡으면서 영호검을 천천히 들어 올렸다.

그러자 이신의 분위기가 바뀌었다.

날카롭게 벼려진 칼날이 서 있는 듯한 느낌.

이에 청의장한 역시 입가의 미소를 지우고, 어깨에 걸치고 있던 장창을 앞으로 쭉 내밀었다.

그 순간, 두 사람 사이로 격렬한 기운의 요동이 일어나기 시작했다.

각자가 발한 무형지기가 한발 먼저 중간에서 부딪친 것이다.

그 결과는 백중지세!

하나 둘 중 어느 누구도 전력을 다한 기색은 아니었다.

이신이 나지막하게 속삭였다.

"피차 불필요한 탐색전은 관두도록 하지."

이미 앞서 한 번의 부딪침으로 서로의 전력을 대강 파악한 상태였다.

그런 마당에 방금 전과 같은 탐색전은 일개 요식행위에 불과할 뿐이었다.

동감한다는 듯 청의장한이 고개를 끄덕였다.

그리고 단순히 말로만 끝나지 않겠다는 듯 그의 신형은 어느덧 이신의 바로 코앞까지 당도했다.

순식간에 거리를 좁혔다기보다는 아예 공간을 접어서 이동한 것 같은 느낌의 움직임!

전설의 축지성촌(縮地成寸)이 이러할까.

그 상태에서 청의장한은 주저 없이 창을 내질렀다.

푸욱—!

단숨에 이신의 가슴팍을 꿰뚫는 장창!

그러나 손끝에 느껴지는 허전한 감촉에 청의장한은 그대로 창을 뒤로 당겼다.

캉!

그러자 쇳소리와 함께 뾰족한 준이 채 앞으로 나아가지 못하고 막혀 버렸다.

놀랍게도 그곳에는 앞서 창에 찔린 줄로만 알았던 이신이 버젓이 서 있었다.

동시에 청의장한 앞에 서 있던 이신의 신형이 연기처럼 흩어졌다.

청의장한이 살짝 놀란 얼굴로 뇌까렸다.

"이형환위(移形換位)……!"

일순간 뚜렷한 잔상이 남을 만큼 빠른 움직임으로 자신의 위치를 바꾸어 버리는 신법.

앞서 청의장한 자신이 선보인 축지성촌의 움직임과 비교해도 전혀 손색이 없는 최상승의 경신술이었다.

청의장한의 입꼬리가 올라갔다.

"그자가 한 말이 헛소리가 아니었군."

"그자?"

일순 이신이 반문했으나, 그전에 청의장한의 창이 마치 살아 있는 뱀처럼 움직여서 그의 목을 노렸다.

이에 당황할 법도 하건만, 이신은 눈 하나 깜짝하지 않고 검을 들지 않은 손을 빠르게 휘둘렀다.

그러자 어느덧 백열로 물든 그의 우수가 날아오던 창을 옆으로 쳐냈고, 그것도 모자라서 창간 위로 주르르륵— 미끄러지듯 나아갔다.

방어와 공격이 동시에 이루어지는 공방일체의 수법이었다.

이에 청의장한은 살짝 손목을 비틀었다.

그러자.

위이이이이이잉—!

가만히 있던 장창이 맹렬하게 회전하기 시작했다.

그 바람에 이신의 우수도 나아가다 말고 중간에 튕겨져 나갔다.

물론 하고자 했다면, 억지로라도 공격을 더 이어 나갈 수도 있었다.

하나 회전하는 것은 비단 장창뿐만이 아니었다.

청의장한이 은연중에 발한 무형의 진기 역시 함께 소용돌이치고 있었다.

만약 계속 공격을 이어 나갔으면, 마치 맞닿은 채 돌아가는 맷돌 사이로 그대로 손을 집어넣듯 그의 손도 맹렬히 회전하는 무형의 진기에 의해서 박살 나고 말았으리라.

어찌 보면 적절한 시점에서 물러나서, 태세를 다시 정비한다는 게 맞았다.

그렇게 이신과 청의장한이 서로 공방을 주고받는 광경을 지켜보던 단무린이 뇌까렸다.

"이상해."

앞서 이기어검 등의 절초로 싸웠던 것과 달리 두 사람은 다소 단순한 공방을 반복했다.

물론 그 공방을 자세히 살펴보면 결코 단순하지 않았지만, 입신경급 고수들 간의 싸움이라고 하기엔 어딘지 모르게 정적이었다.

과거 광풍권마 원웅패와의 싸움을 상기하니 더더욱 그리 느껴졌다.

그땐 무형의 강기로 공간째로 비틀어 버리거나 온갖 폭음과 기파가 난무했는데, 지금은 그런 거 일절 없이 그저 서로의 공격을 한 번씩 주고받는 선에서 그쳤다.

도대체 뭐 때문일까?

궁금해하는 단무린의 귓가로 청아한 음성이 들려왔다.

"한 번이면 끝나니까 그런 거예요."

"검후!"

단무린의 고개가 즉각 목소리가 들린 방향으로 돌아갔다.

그러자 입고 있는 옷이 거의 넝마가 되다시피 한 신수연이 그곳에 서 있었다.

다행히 찢어진 옷 사이로 엿보이는 피부에 상처 등은 보이지 않았다.

그건 그녀의 옷을 넝마 비슷하게 만든 원인 중 하나인 당종원의 암기를 간발의 차로 피했다는 뜻이었으니까.

'다행이군.'

당종원은 사천당가의 고수이기에 그의 암기는 충분히 주의할 필요가 있었다.

조금만 스쳐도 바로 중독되기 십상이었으니까.

처음 그녀의 몰골을 봤을 때는 혹여 독에 당한 건 아닌가, 하고 염려했지만, 다행히 괜한 걱정이었다.

안심하는 가운데, 문득 앞서 그녀가 한 말 중에서 미처 짚지 못하고 넘어간 부분을 말했다.

"한 번에 끝난다니? 그게 무슨 소리입니까?"

그의 물음에 신수연이 오히려 반문했다.

"지난번 권마와의 싸움 기억나시나요?"

단무린은 주저 없이 고개를 끄덕였다.

안 그래도 그때와 너무 다른 양상이라서 이상하다고 생각하지 않았던가.

신수연은 여전히 쉴 새 없이 공방을 반복하는 이신과 청의 장한을 바라보면서 말했다.

"꽤나 동적으로 진행되었던 그때의 싸움도 기실 한 번의 격돌로 모든 게 갈렸어요."

"그랬습니까?"

좀체 모르겠다는 얼굴로 단무린은 자신의 기억을 되새겨 봤다.

'그러고 보니…….'

격렬하게 싸우던 두 사람은 어느 순간을 기점으로 승자와 패자로 나뉘었다.

당시에도 그때 무슨 일이 있었는지 소유붕과 단무린은 도통 알 수가 없었다.

'그때 무슨 일이 있었던 것 같긴 한데…….'

생각에 빠진 그의 모습을 보면서 신수연은 역시나, 하는 표정을 지었다.

'역시 오조장은 못 느꼈던 건가?'

최후의 순간, 원웅패와 이신은 각각 무형권과 심검을 꺼내 들었다.

동일한 심상지경의 절초가 펼쳐져서 충돌하는 순간, 엎치락뒤치락하던 전세는 거짓말처럼 완전히 이신 쪽으로 기울어 버렸다.

그렇게 된 까닭을 단무린 등은 잘 모르고 있었지만, 신수연은 어렴풋이 알고 있었다.

이신 쪽의 심상이 원웅패 쪽보다 보다 포괄적이면서도 구체적이었기에 역으로 이신의 심검이 원웅패의 무형권을 반으로 가를 수 있었다는 것을.

당시에는 추측에 불과하던 그것이 지금에 와서는 확신으로 바뀌었다.

이제는 그녀 또한 엄연히 엇비슷한 위치에서 바라볼 수 있게 되었으니까.

그렇기에 지금 그녀의 눈에는 보였다.

이신과 청의장한.

정적으로 보이는 공방과 달리 눈에 보이지 않는 두 사람의 심상이 쉴 새 없이 부딪쳤다가 떨어지기를 반복하는 모습을.

외적으로는 정적으로 보일지 몰라도, 내적으로는 어떤 의미에서 원웅패 때보다 훨씬 더 격렬한 싸움을 이어 나가는 중이었다.

그걸 단무린은 전혀 알아차리지 못했다.

아는 만큼 보인다는 말이 괜히 나온 게 아니라는 걸 새삼 느낄 수 있었다.

'아마도 곧 있으면, 두 사람 다 승부수를 던질 거야.'

싸움이 길어지면 아무래도 이신에게 유리해질 수밖에 없었다.

그에게는 남들에게 없는 배화륜이란 비장의 한 수가 있었고, 그로 인해서 배가된 내력은 통상의 상식을 초월하는 수준이었으니까.

그러니 청의장한의 입장에서는 가급적 빨리 승부를 보는 편이 그나마 승산이 있다고 볼 수 있었다.

비슷한 경지의 고수간의 싸움에서 승패의 당락을 결정짓는 건 결국에는 체력과 내력의 고하였으니까.

물론 이신의 입장에서도 싸움을 길게 끌어서는 안 되는 이유가 명확했다.

소유붕이 남긴 표식.

그에 의하면 유세화의 처지는 썩 그리 좋다고 보기 어려웠다.

한시라도 빨리 그녀를 되찾아야 하는 이신의 입장에선 이런 곳에서 마냥 시간을 허비할 수는 없었다.

'누가 먼저 시작할 것인가.'

그것이야말로 이번 대결의 주안점이라고 할 수 있었다.

그리고 그 시기는 그리 오래되지 않아서 찾아왔다.

"후읍!"

개시는 청의장한 쪽이었다.

그는 가슴팍이 부풀어 오를 만큼 숨을 깊게 들이쉬더니 이윽고 한 차례의 진각과 함께 장창을 내질렀다.

지극히 평범해 보이는, 아주 기본적인 찌르기 자세였다.

하나 그 자체로 완벽한 초식이기도 했다.

게다가 은연중에 느껴지는 압도적인 위압감!

'피할 수… 없다.'

신수연은 저도 모르게 그렇게 속으로 뇌까렸다.

스스로 그런 생각을 했다는 인식조차 하지 못한 채 그녀의 눈은 못 박힌 듯 청의장한의 장창에 고정되었다.

"크윽!"

한편 단무린은 신음과 함께 가슴팍을 어루만졌다.

처음 청의장한이 그의 공간을 꿰뚫는 순간에 당했던 심상의 상처가 다시금 벌어진 것이다.

물론 정작 그것이 무엇에 의한 고통인지 도통 모르겠다는 게 그로서는 답답할 지경이었지만.

아무튼 한 가지 분명한 사실은 있었다.

저 찌르기는 위험하다!

본능적으로 든 생각에 단무린은 애써 고통을 참으면서 소리쳤다.

“형님! 피하십시오!”

그리고 그의 외침에 반응하듯 이신 또한 마침내 움직이기 시작했다.

* * *

‘시작이군.’

이신의 검이 움직이는 것을 본 청의장한, 우극명은 전율했다.

처음에는 평생을 갈고 닦아온 사부님의 가전절학, 조가창법(趙家槍法)의 모든 것을 온전히 선보일 수 있다는 사실에 전율했다.

그리고 지금은 그런 자신의 모든 것을 정면에서 받아줄 수 있는 상대를 만났다는 사실에 전율했다.

혈영사신 이신.

그의 실력은 혈승에게 전해들은 것 이상이었다.

그렇기에 내심 기대되었다.

'자, 어떻게 나의 창을 막아낼 것이냐?'

지금 선보이는 찌르기는 그의 전부이자 모든 것이었다.

조가창법의 모든 정화가 녹아 있다고 해도 과언이 아니었다.

그 안에 담긴 심상은 존재를 이루는 기운 자체를 파괴하는 궁극의 찌르기!

그렇기에 흑월에서는 우극명을 일컬어서 극섬신창(極閃神槍)이라고 불렀다.

그 신창의 찌르기를 한낱 강기 따위로 막을 수 없을 터!

필시 심검으로 맞설 수밖에 없었다.

하나 이어지는 광경은 우극명이 내심 예상하던 것과는 조금 다른 양상이었다.

철컹—!

이신은 휘두르려던 검을 도중에 다시 납검했다.

그것도 모자라서 허리를 비틀면서 주먹을 뒤로 당겼다.

그 광경을 본 우극명의 눈이 부릅떠졌다.

'설마!'

이윽고 천지를 불태울 듯한 기세의 극양지기를 머금은 백열의 주먹이 우극명을 향해서 날아갔다.

'검법이 아닌 권각술로 나오다니!'

이신은 오랫동안 심형살검식과 함께 팔열수라수를 연마해

왔다.

비록 주력으로 삼는 심형살검식만큼은 아니지만, 팔열수라수 또한 결코 그 경지가 얕지 않았다.

그리고 최근 이신이 성화의 기운을 여럿 흡수함에 따라 그의 배화구륜공은 팔륜의 경지를 넘어서 꿈에서나 가능하리라 여겼던 구륜의 경지를 앞두게 되었다.

원래 팔열수라수는 배화구륜공과 함께 상생하는 무학이었고, 그 뿌리 역시 배화구륜공과 밀접하게 연관되어 있었다.

그렇기에 배화구륜공의 경지가 오름과 동시에 팔열수라수 역시 새로운 경지에 오르게 되었다.

그 결과가 바로 지금의 무형권이었다.

삼라만상을 넘어 지옥에 떨어진 사자의 업보마저 불태우는 팔열지옥의 불길!

우극명은 당황했고, 그것이야말로 이신이 노린 바였다.

"하압!"

기합성과 함께 우극명의 창끝과 순백의 불길이 부딪쳤다.

화르르르르르르륵—!

불길과 충돌한 우극명의 장창은 삽시간에 백열에 물들었다.

그 뜨거운 열기에 창간을 붙잡은 우극명의 양 손바닥이 타들어갔지만, 그는 입술을 앙 다문 채 장창을 크게 휘둘렀다.

쇄애애액—!

세찬 바람 소리와 함께 장창에 옮겨 붙었던 순백의 불길이 금세 사그라졌다.

하나 불길이 사라진 자리에는 선명한 그을음이 남겨져 있었고, 우극명 본인도 손에 입은 화상 때문에 곧바로 움직이기 어려웠다.

더욱이 이신의 공격은 아직 끝나지 않았다.

"하아아압—!!"

기합성과 함께 이신의 두 손이 빠르게 움직였다.

그러자 백열의 극양지기가 유성우처럼 산개하면서 우극명의 신형 위로 쏟아졌다.

투다다다다다다다—!

우극명의 전신을 골고루 강타하는 극양지기!

물론 서둘러 호신강기를 펼친 상태였으나, 그것만으로는 극양지기 자체가 가진 열기와 충격까지 완전히 다 해소할 수는 없었다.

온몸 곳곳에 그을음이 속출하는 가운데, 우극명은 침음성을 삼켰다.

'크윽! 설마 이리 나올 줄이야!'

허를 찔린 것도 있지만, 이신이 발하는 극양지기는 그 자체만으로도 위협적이었다.

그도 그럴 게 무려 일곱 개의 배화륜을 동시에 회전시켜서 배가한 배화공의 진기였다.

수치로 환산하자면 무려 칠 갑자에 달했다.

거기다 그가 발하는 무형권의 심상은 그 무엇이라도 불태워 버리는 지옥의 불길!

그걸 증명하듯 극양지기는 이내 우극명의 유일한 방패막이 되어주던 호신강기마저 불태우기 시작했다.

이에 우극명은 속으로 혀를 내둘렀다.

다른 것도 아닌 호신강기를 불태우는 불길이라니.

'위험하다.'

직감적으로 그러한 확신이 들었다.

이에 더 이상 이신의 흐름에 휘둘려선 안 된다는 생각과 동시에 그의 장창이 움직였다.

파파파파파파파파팍—!

일시에 사방을 수놓는 창영!

놀랍게도 그 창끝 하나하나가 이신이 쏘아대는 순백의 불길을 꿰뚫었고, 거기에 꿰인 불길은 여지없이 사라져 버렸다.

단순히 기운의 흐름을 넘어서 아예 본질적으로 이신이 구현화한 심상 그 자체를 꿰뚫어 버린 것이다.

우극명은 거기서 그치지 않고, 아예 창과 한 몸이 된 채 이신을 향해서 날아갔다.

신창합일을 넘어서 이른바 심창합일(心槍合一)의 경지였다.

그걸 본 이신은 오른손에다 진기를 집중시켰다.

화르르르르르르륵—!

이신의 주먹을 감쌌던 불길은 이내 그의 몸 전체로 번졌다.

숫제 이신 자체가 거대한 순백의 불길로 화한 셈이었다.

그 상태에서 이신은 한 차례의 진각과 함께, 마주 오는 우극명을 향해서 냅다 쇄도했다.

투콰아아아아앙—!

지축을 뒤흔드는 굉음과 함께 뿌연 먼지구름이 일어났다.

그 사이로 무형의 기파가 사방으로 퍼지기 시작했는데, 단순히 기파만 퍼진 게 아니었다.

그 안에는 이신과 우극명, 두 사람의 심상이 부딪치고 얽히면서 나온 심상의 파편 역시 포함되어 있었다.

사방에서 송곳처럼 날카로운 불길이 솟구쳤다가 사라지길 반복했다.

불길이 지나간 자리에는 여지없이 새까만 그을음과 함께 뭔가 뾰족한 것에 꿰뚫린 듯한 자국이 무분별하게 남겨졌다.

그걸 본 신수연은 서둘러 단무린의 앞을 막아섰다.

쩌저저정—!

그러자 심상의 파편이 채 그들을 덮치기 전에 신수연의 심검에 의해서 통째로 얼어붙었다.

"고맙습니다, 검후."

그녀가 자신은 물론이거니와 혼절한 소유붕까지 지켜줬다는 것을 알기에 단무린은 스스럼없이 감사를 표했다.

하나 신수연은 그다지 거기에 반응하지 않았다.

딱히 그런 걸 대놓고 자랑하는 성품도 아니거니와, 뭣보다 이것이 온전한 심상의 공격이었다면 신수연으로서도 꽤나 막기 어려웠을 거라는 걸 본인 스스로도 잘 알기 때문이었다.

어디까지나 심상의 파편이기에 쉬이 막을 수 있었던 것에 불과했다.

정면에서 완전한 형태의 심상과 대적한 이신에 비하면 아무것도 아니었다.

신수연의 시선이 가라앉는 먼지 사이로 얼핏 드러난 이신에게 향했다.

'주군.'

그의 몰골은 말이 아니었다.

흙먼지를 뒤집어쓴 것도 모자라서 입가 사이로 핏물 자국이 희미하게 보였다.

적잖은 내상을 입었다는 증거이자 청의장한, 우극명이 그만큼 강적이라는 뜻이기도 했다.

여차하면 지금이라도 그녀가 이신에게 가세하는 편이 더 낫지 않을까 싶었지만, 신수연은 차마 두 사람 사이에 끼어들 수 없었다.

그건 단무린 역시도 마찬가지였다.

현실적으로 심상경의 절예가 서로 부딪치는 가운데 불쑥 끼어드는 것이 자살행위에 가깝다는 것도 한몫했다.

이미 신수연 등은 진즉에 십 장 너머로 물러난 상태였다.

그럼에도 충격의 여파가 고스란히 미치는 것을 보면 얼마나 두 사람의 싸움이 격렬하고 치열한지는 굳이 더 말할 필요가 없었다.

게다가 언제부터일까.

이신의 한쪽 입꼬리는 희미하게 올라간 채 좀체 아래로 내려가지 않았다.

그건 그와 마주 보고 서 있는 우극명도 마찬가지였다.

그 말은 두 사람 다 지금의 싸움을 진심으로 즐기고 있다는 뜻이었다.

적과 적으로서가 아닌 한 사람의 무인으로서!

이런 급박한 상황에서 둘 다 뭐 하는 짓인가 싶지만, 오히려 이런 순간이기에 두 사람은 각자가 가진 모든 기량을 마음껏 선보이고 있었다.

이것은 하나의 기연이기도 했다.

이렇게 모든 걸 쏟아내는 싸움은 흔치 않은 만큼, 자신의 한계를 뛰어넘는 계기로도 작용하니까.

심지어 어떤 자들은 싸우는 와중에 급격하게 발전하기도

한다.

그러한 싸움에 끼어든다는 것은 적어도 같은 무인이라면 해서는 안 될 짓이었다.

하나 모두가 다 그런 것은 아니었다.

피이잉—!

파공성과 함께 이신의 뒤통수를 향해서 섬전처럼 날아오는 철시.

채챙!

하나 이미 알고 있었다는 듯 이신은 어렵지 않게 검으로 철시를 튕겨냈다.

하지만 그의 표정은 썩 그리 좋지 않았다.

마치 재미있는 놀이를 방해받아서 화가 난 아이와 같은 모습.

우극명도 마찬가지인 듯 한껏 노한 음성으로 외쳤다.

"이건 어디까지나 나와 혈영사신의 개인적인 싸움이다! 함부로 끼어들지 마라!"

그의 외침에 수풀 너머에서 한 사내가 모습을 드러냈다.

자기 체구만 한 크기의 강궁을 든 그는 어깨를 으쓱하면서 말했다.

"미안하지만 그럴 수는 없다. 이쪽도 명령을 받은 입장이거든."

"네 이놈, 궁마!!"

우극명이 분노 어린 외침과 함께 궁마를 노려봤지만, 그는 조소와 함께 수풀 사이로 사라졌다.

그리고 그와 동시에 수풀 너머에서 소나기처럼 철시의 비가 날아오기 시작했다.

누가 봐도 혼자서 날릴 수 있는 양의 화살이 아니었다.

우극명은 머리 위를 새까맣게 뒤덮은 화살 비를 바라보면서 이를 갈았다.

"천강시마대까지 대동하다니!"

궁마 위가진.

그가 양성한 천강시마대(天綱矢魔隊)는 궁수 한 명 한 명은 별거 아니지만, 대신 그들이 사용하는 화살은 특별했다.

바로 전문적으로 호신강기를 파훼하는 천강시(天綱矢)라는 기물이었다.

그런 천강시를 마구 퍼부어대는 것도 모자라서 같은 편인 우극명의 안위는 전혀 신경 쓰지 않다니.

거기다 앞서 궁마가 자신도 명령 때문에 어쩔 수 없다고 말했던 걸 되뇌는 순간, 우극명의 낯빛이 어두워졌다.

'설마 처음부터 이럴 속셈이었던 것인가!'

이신의 발목을 잡아둘 미끼로서의 역할.

그 정도까지는 얼추 짐작하고 있었는데, 미끼인 자신까지 한꺼번에 처리할 속셈이었을 줄이야.

'빌어먹을! 목장홍, 이놈……!'

틀림없이 그자의 짓이리라.

혈승의 가장 가까운 심복인 그는 어떤 의미에서 그 이상으로 혈승의 신임을 받는 우극명을 못마땅하게 여겨왔다.

또한 궁마는 목장홍 측의 파벌의 사람인 터라, 그에게 명령을 내릴 만한 사람도 목장홍뿐이었다.

하나 더욱 그를 분노케 한 것은 다름 아닌 혈승의 태도였다.

그가 과연 목장홍이 뒤에서 꾸미는 짓을 모를까?

아니, 알고 있었을 것이다.

흑월 내에서 벌어지는 모든 일은 그의 주관 아래서 이루어지니까.

그럼에도 모른 척하고 목장홍의 독단 행위를 묵인한 것이다.

자신과 싸운 뒤라면 제아무리 이신이라도 필연적으로 지칠 수밖에 없었다.

실제로도 두 사람은 내력과 심력을 꽤나 많이 소모한 상태였다.

강기마저 쉬이 뽑아내기 어렵달까?

그런 상황에서 궁마와 천강시마대가 투입된다면, 이신을 처리하기 한결 수월해진다.

비록 그 와중에 우극명이라는 입신경급 고수 하나를 잃게 되겠지만, 그 한 명의 희생으로 이신을 처리할 수 있다면 이는 남는 장사라고 볼 수 있었다.

그렇게 정황 파악을 마친 우극명은 온몸을 부르르- 떨어 댔다.

완전히는 아니지만, 그래도 나름 혈승을 존경하고 그에게 충성을 바쳐왔다.

한데 그런 자신의 존재 가치가 한낱 소모품, 고작 그 정도밖에 안 되었단 말인가!

그로 인한 자괴감과 분노가 그 떨림을 통해서 온전히 느껴졌다.

하나 마냥 분노에 사로잡혀 있을 때가 아니었다.

일단은 지금의 위기에서 벗어나고 봐야 했다.

이에 장창을 움켜쥐고 막 내력을 일으키려는데, 한 줄기 음성이 그의 귓전을 때렸다.

[상황이 바뀌었군.]

바로 이신의 전음이었다.

第八章

일촉즉발(一觸卽發)

상황이 바뀌었다는 이신의 말은 틀리지 않았다.

앞서 이신과 우극명은 피 튀기면서 싸웠지만, 지금은 함께 사이좋게 목숨을 위협받고 있는 상황이었으니까.

그 말 자체에는 반론의 여지가 없었다.

문제는 그 이전에 이신이 무슨 의도로 그런 말을 했느냐는 사실이었다.

미심쩍은 표정으로 바라보자 이신의 전음이 다시금 이어졌다.

[나와 손을 잡도록 하지.]

'손잡자고?'

마냥 헛소리라고 일축하기엔 작금의 상황이 급박했다.

지금 우극명에게 있어서 궁마를 비롯한 흑월의 구성원은 한낱 적일뿐이었다.

그리고 이신은 원래부터 그들의 적이었다.

적의 적은 무릇 나의 아군이 되기도 하는 법.

이신의 동맹 제안은 바로 거기서 착안된 것이었다.

우극명은 일순 어찌해야 할지를 놓고 고민했다.

아무리 상황이 그렇다고 해도 방금 전까지 서로 피 튀기며 싸운 상대와 손을 잡다니.

이 무슨 모순된 상황이란 말인가?

그렇다고 해서 이대로 이신과 함께 천강시마대의 화살에 의해서 개죽음을 맞이하기도 싫었다.

이러지도 저러지도 못하는 상황.

그런 우극명의 내적 갈등을 이어지는 이신의 한 마디 전음이 말끔히 해결해 주었다.

[일단 살아야 복수든 뭐든 할 수 있으니까.]

'복수……!'

순간 우극명의 눈에서 서늘한 안광이 번뜩였다.

그렇다.

같은 편에게 배신당했다는 사실에 의한 충격 때문에 하마

터면 가장 중요한 것을 잊을 뻔했다.

작금의 상황을 만든 장본인, 목장홍!

그에게 감히 자신을 배신한 것에 대한 응분의 대가를 톡톡히 치르게 해줘야 한다.

더 나아가서 혈승에게도 이번 일에 대한 책임을 물어봐야 하는 상황!

그러기 위해서 절대로 이런 곳에서 개죽음을 당할 수는 없었다.

그 어떤 방법이나 수단을 총동원해서라도 무조건 살아남아야 한다!

설령 그것이 방금 전까지 적이었던 이신과의 동맹일지라도!

얼추 우극명의 마음이 선 듯하자 이신이 마지막 쐐기를 박았다.

[어디까지나 이곳을 벗어날 때까지 만이다. 그 후에 제대로 결판을 내자고.]

한정적인 동맹 관계.

거기다 이 상황만 벗어나면 다시 원래대로 돌아갈 수 있다는 전제까지 붙이니 더 이상 우극명이 반대할 여지가 없었다.

그가 고개를 끄덕였고, 그와 동시에 이신의 좌수가 움직였다.

화르르르르륵—!

순식간에 하늘을 가득 채우던 화살 비를 덮치는 순백의 불길!

그 불길에 천강시가 녹아내리는 것을 본 우극명의 표정이 순간 이상야릇했다.

지금 자신은 강기조차 펼치기 어려울 정도로 내력이 고갈된 상태이거늘, 반면 이신에게는 아직까지도 저 정도의 여력이 남아 있었다니.

만약 궁마가 중간에 끼어들지 않았다면, 두 사람의 승부는 어찌 되었을까?

이제까지처럼 박빙이었을까? 아니면…….

"뛰엇!"

우극명의 상념은 갑작스러운 이신의 외침에 중단되었다.

동시에 그는 앞서 달리는 이신의 등을 따라서 반사적으로 신형을 움직였다.

그러자 그들이 서 있던 자리로 두 번째 화살 비가 와르르 쏟아졌다.

고개만 뒤로 돌려서 그 광경을 본 우극명은 절로 간담이 서늘해졌다.

만약 이신의 외침에 조금만 늦게 반응했어도, 그의 몸은 순식간에 고슴도치 신세가 되었으리라.

"정신 똑바로 차려!"

그의 귓가로 이신의 날카로운 지적이 들려왔다.

그의 말대로였다.

아직 자신들은 안전한 상태가 아니었다.

그러기 위해선 일단 저 눈엣가시 같은 천강시마대부터 해결해야 했다.

'각개격파는 무리다.'

완전한 몸 상태였다면 그 혼자서도 얼마든지 해치울 수 있었지만, 지금은 그렇지 않았다.

일일이 해치우기보다는 아예 그들을 따돌리는 편이 더 나았다.

'어떻게?'

그런 의문이 우극명의 뇌리에 떠오르는 순간이었다.

휘이이이이잉—!

난데없이 한 줄기 설풍이 장내에 불어닥쳤다.

그리고.

쩌저저저저적—!

순식간에 솟아난 두꺼운 얼음의 벽에 재차 날아오는 화살비가 가로막혔다.

동시에 이신과 우극명의 신형이 얼음벽에 가로막혀서 보이지 않았다.

순간 천강시마대의 궁수들은 당황했고, 그들을 이끄는 궁마 위가진의 표정이 일그러졌다.

"잔재주를……!"

위가진은 단숨에 자신의 강궁을 당겼다 놨다.

쇄애애애애액—!

그러자 기존 천강시마대의 궁수들이 날리던 것과는 비교할 수 없는 파공성과 함께 검붉은 빛의 천강시가 허공을 가르며 날아갔다.

콰과콰아아앙—!

이윽고 엄청난 굉음과 함께 시야를 차단하던 얼음벽이 산산조각이 났다.

그 파편 사이를 응시하던 위가진의 얼굴이 일순 굳어졌다.

'없어!'

놀랍게도 이신과 우극명, 두 사람의 모습은 어디서도 보이지 않았다.

한데 보이지 않는 것은 두 사람뿐만이 아니었다.

단무린 등의 모습도 어느샌가 보이지 않았다.

"찾아!"

위가진은 서둘러 수하들에게 명령했으나, 이미 한발 늦은 상황이었다.

바삐 사방으로 흩어지는 수하들의 뒷모습을 바라보면서 그는 이를 빠득 갈았다.

"그새 도망치다니……!"

그는 진심으로 이신과 우극명을 놓친 것을 분하게 여기는 눈치였다.

하나 장내에 있던 수하들이 모두 사라졌을 때, 거짓말처럼 그는 무덤덤한 표정을 지었다.

분노의 흔적 따윈 일절 찾아볼 수 없었다.

오히려 그의 입꼬리는 희미하게 살짝 위로 올라가 있었다.

그리고.

"…계획대로군."

나지막한 음성과 함께 그의 등 뒤에서 누군가가 나타났다.

놀랍게도 그는 다름 아닌 배교의 호법사자, 이환성이었다.

갑작스러운 그의 등장에도 위가진은 전혀 당황한 기색 없이 부복하고, 정중하게 포권을 취했다.

"말씀하신 대로 행했습니다, 호법."

"수고했다."

우극명이 지금의 광경을 봤다면 기절초풍했을 것이다.

영락없이 목장홍 쪽의 사람인 줄 알았던 위가진이 전혀 상관없다고 할 수 있는 이환성의 세작이었다니.

실로 감쪽같이 모두를 속여 왔다고 볼 수 있었다.

거기다 더욱 놀라운 말이 이환성의 입에서 튀어나왔다.

"이걸로 신창과 혈승은 반목하게 된 셈이니 우리 화종 쪽으로 그를 끌어들이기가 훨씬 더 쉬워졌군."

그가 위가진을 움직인 것은 이신을 돕기 위해서기도 했지만, 그 이면의 목적은 신창 우극명을 혈종이 아닌 화종의 사람으로 만들기 위함이었다.

우극명은 자존심이 강한 무인이었고, 그 이상으로 신의를 중요시했다.

그런 그가 한낱 유혹에 넘어갈 리 만무했다.

차라리 이런 식으로 혈승과의 관계를 안 좋게 만들어서, 그와 척을 지게 하는 편이 훨씬 나았다.

하물며 이환성이 그의 복수를 도와주겠다고 넌지시 운을 띄우면 더더욱 자신과 손을 잡겠다고 할 터.

더욱이 목장홍은 혈승의 심복이니만큼 현실적으로 그에게 복수하기란 어려운 일이었다.

차라리 화종의 중진인 이환성과 손을 잡는 게 복수로 가는 지름길이었다.

그러한 계산하에 이환성은 이번 일을 진행시켰고, 거의 그의 생각대로 돌아갔다.

단, 문제는 하나뿐이었다.

과연 혈승이 이번 일의 뒤에 자신이 있다는 걸 모를 것인가?

비록 위가진은 철저하게 주변을 속이고 있다고 자신하지만, 상대는 다름 아닌 그 혈승이었다.

과신은 금물이었다.

혈승이 이미 위가진과 이환성 사이의 끈을 알고도 모른 척 하고 있을 가능성도 절대 간과해선 안 된다.

그런 일말의 불안감 속에서 이환성의 이맛살이 찡그려졌다.

'그나저나 이신, 이놈도 문제로군.'

앞서 동맹의 조건으로 그는 이신에게 심형살검식의 후반 초식과 청허신공의 구결을 넘겨줬다.

이신은 이미 입신경을 넘어서 신화경을 바라보는 고수였다.

거기다 심형살검식과 청허신공 모두 그가 이미 익히고 있는 무공의 연장선에 불과했다.

당연히 그것을 체화하는 데에는 그리 긴 시간이 필요하지 않았고, 당장 실전에서 써먹을 수도 있었다.

하나 앞서 우극명과의 싸움에서 이신은 심형살검식의 후반부 초식을 일절 펼치지 않았다.

뿐만 아니라 지친 기색이 역력한 우극명과 달리 여전히 이신은 어느 정도의 여력을 남겨두고 있었다.

그것만 봐도 알 수 있었다.

만약 위가진이 끼어드는 게 조금만 더 늦었다면, 필시 승부의 추는 이신의 쪽으로 급격하게 기울었을 거라는 사실을.

어쩌면 우극명의 목숨도 오늘로서 끝장났을지 모른다.

만약 그리되었다면 애써 그를 화종 측으로 끌어들이려던

계획도 모두 물거품으로 돌아갔을 테고.

'어쩌면 이번 일의 최대의 변수는 혈승이 아니라 그놈일지도 모르겠군.'

이환성이 그리 생각하고 있을 때, 부복하고 있던 위가진이 조심스레 고개를 들고 말했다.

"저기, 호법이시여. 실례되지만, 한 가지 여쭙고 싶은 게 있습니다."

"무얼 말이냐."

"혈영사신 그자 말입니다. 그냥 이대로 놔두실 생각이십니까?"

위가진은 멀리서나마 이신과 우극명의 싸움을 처음부터 끝까지 쭉 지켜봤다. 그가 절묘한 순간에 두 사람 사이에 끼어든 것도 그래서였다.

그렇기에 그는 누구보다도 이신의 존재가 더없이 위험하다는 걸 확실하게 인지하고 있었다.

당연히 마냥 이대로 그를 내버려 두는 게 과연 옳은가 하는 의구심이 드는 것도 무리는 아니었다.

이환성의 입꼬리가 올라갔다.

"넌 노부가 아무런 대책도 없이 그와 손을 잡았다고 보는 것이냐?"

"그럼……?"

"다 나름대로 생각해 둔 바가 있느니라."

"오오오!"

이신을 제어할 방법이 있다.

그 사실을 다른 사람도 아닌 이환성의 입을 통해서 직접 확인하자마자 위가진의 낯빛이 절로 밝아졌다.

'역시 호법이시다!'

도대체 무슨 수로 이신을 제어하겠다는 것인지 절로 궁금했지만, 굳이 물어볼 필요는 없었다.

어차피 때가 되면 자연스레 알게 될 터.

이환성도 더 이상의 자세한 설명 없이 말했다.

"그러니 괜한 걱정하지 말고, 너는 작전이나 마저 수행하도록 해라. 알겠느냐?"

"옙! 그럼 이만 물러가겠습니다."

위가진은 정중하게 읍한 뒤, 바로 장내를 떠났다.

수하들에게 수색을 명령한 이상, 그 역시 발로 뛰어야 할 시점.

언제까지고 이곳에 마냥 눌러앉아 있을 수는 없었다.

그렇기에 위가진은 미처 보지 못했다.

멀어지는 그의 뒷모습을 바라보는 이환성의 눈빛이 얼음처럼 냉랭한 것을 넘어서 아예 무심하다는 사실을.

이윽고 그는 저 멀리, 성화전에서 기도하고 있을 신녀의 모습을 떠올렸다.

"…부디 이 모든 게 이 늙은이의 바람대로 이루어지기를 성화께 빌고 또 비나이다."

실로 많은 상념이 녹아 있는 한 마디와 함께 이환성의 신형이 스르르— 사라졌다.

마치 유령과도 같은 움직임.

오직 한 줄기 바람만이 그가 조금 전까지 그곳에 있었음을 애써 증명할 뿐이었다.

*　　*　　*

"앞으로 세 시진이다."

한 차례의 운기조식을 마친 뒤에 불쑥 꺼내든 우극명의 한 마디였다.

그게 무슨 소리냐는 표정으로 바라보자 그는 이어서 말했다.

"혈승이 그 새로운 신녀라는 여자와 정식으로 합방하기까지 남은 시간이다."

"그 무슨 개 같은……!"

소유붕이 울컥하면서 소리쳤지만, 우극명이 조용히 눈빛을 번뜩이자마자 입이 저도 모르게 꽉 다물어졌다.

그가 조용해지자, 대신 단무린이 조심스레 입을 열었다.

"굳이 합방하는 시간까지 따로 정한 까닭이 무엇이오?"

이미 유세화는 그들의 손에 들어갔다.

괜히 시간 끌고 말고 할 것 없이 바로 일을 처리해도 될 일 아닌가?

그 물음에 우극명이 피식 웃으면서 말했다.

"제법 날카로운 지적이군. 그래, 지금 당장 그녀를 회임시키는 건 불가능하다. 기껏해야 육욕을 채우는 정도에서 그치겠지."

"혈승에게 뭔가 문제가 있는 것이오?"

"거기까지 내다봤으면 굳이 더 설명할 필요는 없겠군. 혈승은 이미 인간을 초월한 자다. 거기다 십대마공을 대성하면서 몸 안의 기운이 유독 강해졌지."

"그 말은?"

"보통 여자로서는 그의 정(精)을 받아들일 수 없다는 소리지. 그건 배교의 신녀인 그 여자라도 예외는 아니다."

즉, 유세화가 혈승의 정을 온전히 받아들일 수 있는 육체 상태로 만들기 위한 나름의 준비가 필요하단 소리였다.

"애당초 천라지망을 구축한 이유는 그 시간을 벌기 위함이었단 말인가!"

단무린의 탄식에 장내의 공기가 어두워졌다.

그러한 가운데, 소유붕이 돌연 울분에 찬 음성으로 외쳤다.

"빌어먹을! 그래서였군! 놈들이 갑자기 이상한 짓을 하기 시작한 게!"

"이상한 짓?"

이건 또 무슨 소리인가?

소유붕은 곧바로 자신이 본 것들을 설명하기 시작했다.

*　　　*　　　*

처음 소유붕이 유세화의 행적을 발견한 건 녹산사에서였다.

그때까지만 하더라도 유세화는 그저 마혈이 점혈당한 정도에 지나지 않았다.

그렇기에 유세화의 안전에 있어서의 위험도를 삼이라고 표시한 것이다.

그리고 얼마 지나지 않아 그녀는 마차로 옮겨졌다.

"마차로 이동하는 내내 유 소저를 아주 극진히 모셨어. 인질이라기보다는 마치 귀빈을 대하는 듯한 느낌이었지."

태도가 달라진 것은 신시(申時:오후 3~5시)에 막 접어들려고 할 때쯤이었다.

"갑자기 놈들은 유 소저에게 정체 모를 단환을 억지로 먹이더니 그대로 마차 뒤에 따르던 수레로 향하더군. 그곳에는 웬 얼음관이 놓여 있었어."

그들은 얼음관을 열더니 단환을 복용하고 그대로 의식을

잃은 유세화를 그 안에다 눕혔다.

그러고는 알 수 없는 주문 같은 것도 외기 시작했다.

이에 소유붕도 더는 두고 볼 수 없었다.

기실 그가 유세화의 상태를 육이라고 기재한 것도 그 일련의 행위에서 왠지 모를 불안함을 느꼈기 때문이다.

암만 봐도 좋지 않은 일이 벌어지는 걸로밖에는 안 보였으니까.

이에 소유붕은 서둘러 유세화를 구출하려고 했으나, 그전에 은신을 들키는 바람에 거꾸로 쫓기는 신세가 되고 말았다.

거기에 엎친 데 덮친 격으로 그는 곧 우극명이라는 넘을 수 없는 벽과 조우하게 되었다.

거기까지가 소유붕과 이신 일행이 다시 재회하기 전까지 있었던 일의 전말이었다.

그렇게 소유붕의 말이 끝났고, 그의 말을 이어받듯 우극명이 말했다.

"듣자 하니 혈승은 오늘 자정 형산의 정상에서 일을 치르겠다고 하더군. 그 신녀인지 뭔지 하는 여자를 구할 거라면 당장 움직여야 할 거야."

앞으로 세 시진.

결코 길다고 할 수 없는 시간이었다.

우극명의 말마따나 당장 출발하지 않으면 안 되었다.

하나 이신은 곧장 출발하는 대신, 지그시 우극명을 바라봤다.

그의 시선에 우극명이 의아한 표정을 지었다.

"뭔가 나한테 할 말이라도 있나?"

"있지."

의외의 단호한 대답에 우극명은 더욱 의아해했다.

그러자 이신이 말했다.

"왜 우리한테 그런 중요한 정보를 알려주는 거지?"

비록 지금은 잠시 손을 잡았다고 하나, 엄연히 우극명은 흑월의 사람이었다.

그런 그가 극비라고 할 수 있는 정보를 아무렇지 않게 적인 이신에게 말하다니.

더욱이 우극명은 쉬이 그런 극비 정보를 털어놓을 만큼 입이 가벼운 자로는 안 보였다.

분명 뭔가 그럴 만한 이유나 사정이 있다고 보는 게 맞았다.

그런 이신의 지적에 그제야 우극명이 이해한다는 듯 고개를 끄덕였다.

"별거 아니다. 그저 은혜를 갚은 것에 불과할 뿐이니까."

"은혜?"

"그야 네놈 덕분에 절체절명의 위기에서 벗어났고, 거기다 이렇게 안전하게 운기조식까지 취할 공간까지 마련해 줬으니까. 그에 대한 보답이라고 생각해라."

실제로 일행이 머무는 곳은 단무린에 의해서 설치된 절진 안이었다.

인기척 등을 지워서 추적자들의 시선을 따돌리고 잠시 은신하는 데에는 그야말로 최적의 진이었다.

혈영대 시절에도 야전에서 자주 사용했던 터라 절진의 완성도는 높았다.

지금 궁마 위가진을 위시한 천강시마대의 추적에서 비교적 자유로운 것도 그 때문이었다.

아무튼 목숨을 구해준 보답으로 자신이 알고 있는 정보를 알려줬다는 우극명의 말은 얼핏 들으면 그다지 이상할 게 없었다.

하나 이신은 완전히 납득하지 않는 눈치였다.

"단지 그거뿐만이 아닐 텐데?"

집요한 이신의 물음에 우극명은 뒷머리를 긁적거리더니 이내 한숨을 내쉬었다.

"후우! 그래, 그게 다가 아니다. 이참에 확실히 말해두지. 난 여기서 너희와 헤어질 생각이었다. 즉, 너희가 혈승과 싸우든 말든 일절 간섭하지 않겠다는 소리지."

비록 일방적으로 배신당했다고는 하나, 그래도 곧바로 이신의 편에 서서 흑월 전체와 척을 진다는 건 무리였다.

그는 적어도 무인으로서의 도리를 아는 자였으니까.

안 그랬다면 처음 이신과 손을 잡기까지 그리 망설이지도 않았을 것이다.

거기다 아직 완전하게 돌아가는 정황에 대해서 파악한 것도 아니었다.

정말로 혈승이 자신을 버린 것인지에 대한 여부를 알기 전까지는 섣불리 그와 대적할 마음이 없었다.

물론 직접적으로 우극명에게 독니를 드러낸 궁마 위가진 등을 상대로는 이야기가 달라지겠지만 말이다.

아무튼 그러한 우극명의 대답에 이신은 그제야 납득한다는 표정을 지었다.

"역시 그랬군. 결국 우리의 동맹은 여기까지로군."

"어차피 임의로 맺은 동맹 아녔나?"

히죽 웃으면서 말한 뒤 우극명은 자리에서 일어났다.

앞서 이신과의 싸움에서도 무형창을 시전하면서 내력의 막대한 고갈 외에는 딱히 내외상을 입거나 하진 않았다.

거기다 운기조식까지 간단하게나마 마쳤으니 움직이는 데에는 별다른 지장이 없었다.

그러고 나서 진법 바깥으로 막 나가려는 찰나, 미처 잊고 있었다는 표정으로 고개를 돌렸다.

"아, 너와의 못다 한 승부. 그건 이번 일이 다 끝난 다음으로 하는 걸로 해두지. 어차피 나보다는 그쪽이 선약이기도 할 테니까."

그 말에 이신은 피식 웃었다.

말이야 쉽지, 우극명의 말대로 하려면 곧 있을 혈승과의 싸움에서 이기거나 혹은 살아남아야 했다. 결코 말처럼 쉬운 일이 아니었다.

그럼에도 웃음이 나는 것은 어째 우극명이 혈승보다는 이신의 승리를 더욱 기대한다는 듯한 느낌을 은연중에 풍겼기 때문이다.

달리 말하자면 이신과 혈승의 실력 차가 생각만큼 크게 나지 않는다는 뜻으로도 볼 수 있었다.

안 그래도 혈승의 무위에 대해서 내심 궁금해하던 이신의 입장에선 적잖은 도움이 되었다.

'마음에 드는군.'

비록 첫 만남이 좋다고 할 수 없으나, 이신은 우극명이란 인간이 보면 볼수록 마음에 들었다.

그와 싸울 때도 서로 비슷한 처지라서 드물게 동질감을 느끼지 않았던가.

이에 전혀 생각지도 못한 말이 그의 입에서 불쑥 튀어나왔다.

"만약 혈승이 정말로 당신을 배신한 거라면, 차라리 내 밑으로 들어오는 게 어때?"

"……!"

진법 밖으로 나가려던 우극명이 순간 멈칫하였다.

"네 밑으로? 진심으로 하는 말인가?"

"진심이다."

딱 잘라서 말하는 이신의 태도 때문일까?

한동안 말이 없던 우극명은 고개를 돌리면서 나지막한 음성으로 말했다.

"…한번 생각해 보지."

그렇게 우극명은 일말의 여지를 남긴 채 유유히 떠나갔고, 이제 진법 안에는 온전히 이신과 세 명의 조장만 남았다.

잠시 침묵이 내려앉은 가운데, 이신이 소유붕을 바라보면서 말했다.

"몸 상태는 좀 어떠냐, 이조장."

소유붕은 살짝 인상을 찌푸리면서 말했다.

"솔직히 말해서 별로 좋지 않습니다. 아까 전 대주께서 영입하려던 그 창잡이 양반 덕분에 내부가 뒤집힌 여파가 아직 남아 있어서……."

살짝 날이 선 소유붕의 말에 이신은 애써 모른 척하면서 고개를 돌렸다.

"오조장, 네 상태는 어떠냐?"

질문의 화살이 자신에게로 향하자 단무린은 창백한 표정으로 말했다.

"저도 그리 썩 좋지는 않습니다."

그 역시 우극명의 무형창에 의해서 심상의 상처를 입은 데다 그 후에 무리하게 진야환마공을 펼친 뒤였다.

당연히 몸 상태가 좋을 리 없었다.

또한 소유붕과 마찬가지로 우극명을 영입하는 것에 대한 불편한 심경을 간접적으로 드러냈다.

물론 이번에도 이신은 모른 체하면서 말했다.

"역시 둘 다 상태가 썩 좋지 않군. 솔직히 당장 회복될 수준은 아니지?"

그의 물음에 평소라면 어떤 식으로든 괜찮다고 말할 두 사람이었다.

하나 지금의 이신은 혈영대주로서 그들의 상태가 어떤지 냉정하게 묻고 있었다.

평소와 달리 이름이 아닌 직명으로 부르는 게 그 증거였다.

그렇기에 두 사람은 솔직하게 고개를 끄덕였다.

"단시간에 회복한다는 건 무립니다."

"물론 마의께서 따로 챙겨주신 요상약을 복용한다면 회복 속도가 빨라지긴 하겠지만, 그래도 유 소저를 구하기엔 너무 늦습니다."

냉정한 두 사람의 판단에 이신은 고개를 끄덕이면서 말했다.

"좋아. 이조장과 오조장은 이대로 후위로 빠진다. 동시에 퇴로와 이동 수단을 확보하도록."

"충!"

"알겠습니다."

이윽고 이신의 시선이 한쪽에 멀뚱히 서 있는 신수연에게로 향했다.

"일조장은 나와 함께 전위에서 움직인다. 뭔가 궁금하거나 이상한 부분 있나?"

신수연은 찢어진 홍의궁장 위에 걸친 이신의 웃옷을 매만지면서 말했다.

"따로 생각해 두신 작전은 있으신가요?"

그녀의 물음에 이신은 한 치의 망설임 없이 말했다.

"물론 있지."

스르릉—

말이 끝남과 동시에 영호검의 묵빛 검신이 드러났다.

그 검신 위로 싸늘한 표정을 지은 이신의 모습이 거울처럼 비추어졌다.

"언제나 그랬던 것처럼."

*　　　*　　　*

형산.

중원오악 중 하나에 속하며, 따로 남악이라 불리고 있었다.

남으로는 회안(回雁)에서 시작하여 북으로는 악록(嶽麓)에 그치는 형산은 연면 팔백 리에 이르는 대산맥이었다.

무려 일흔둘의 봉우리를 자랑하는 형산은 같은 오악으로 손꼽히는 태산과 같이 웅장하지도 못하며 산세도 험악하지도 않았다.

그러나 상강(湘江)의 꿈틀거림 속에 위치하다시피 한 형산은 그 봉우리들이 돌고 돌아, 혹은 바라보고, 혹은 등을 돌리는 형국이었다.

이를 일컬어 구향구배(九向九背)라 하는데, 소위 '배를 타고 상수를 흘러가면, 처처에 형산이다(船湘水, 處處見衡山)'라는 말은 그러함에서 연유된 것이다.

하여 이름 높은 사찰이나 그곳을 방문하는 신자들의 발길이 밤낮으로 잦았으나, 오늘 밤만은 이상할 만치 입구 초입부터 조용하기 그지없었다.

이유는 간단했다.

형산의 정상 부근을 빼곡하게 에워싼 일단의 무리 때문이었다.

물경 수백에 달하는 무인들 틈바구니에서 한 명이 문득 옆의 동료에게 나지막한 음성으로 물었다.

"정말로 놈들이 나타날까?"

동료는 정면에서 눈을 떼지 않은 채 말했다.

"글쎄, 우리야 위에서 시키는 대로 하면 그만이잖아. 쓸데없는 생각은 하지 말자고."

동료의 엄중한 말에도 불구하고, 처음 입을 연 무인은 끈질기게 말을 이었다.

"에이, 그래도 곧 있으면 자정이잖아. 의식이 시작되기 전까지 불과 한 시진도 남지 않은 상황이라고. 무슨 수로 이만한 숫자를 그 짧은 시간 만에 돌파해. 상식적으로 무리라고, 무리."

"흠, 그건 그렇지만……."

동료 무인도 그의 말에 어느 정도 동감하는 눈치였지만, 그래도 완전 수긍하진 않았다.

"그래도 만에 하나란 게 있잖아."

듣자 하니 적들의 무위는 한 명 한 명이 일당백이라고 했다.

더욱이 그들을 이끄는 혈영사신이란 자는 무려 그 신창 우극명과 대등하게 싸웠다고 하지 않던가.

우극명은 혈종을 대표하는 열두 명의 고수, 십영(十影) 중 일각을 담당하고 있었다.

오죽하면 십영의 수장이자 일영인 목장홍도 기실 실력으로는 이영인 우극명에게 한 수 처진다는 평을 들을까?

그런 자와 대등하게 싸운 상대라면 결코 방심할 수 없었다.

그런 동료의 우려에 무인은 피식 웃었다.

"만에 하나는 무슨. 어지간히 미친놈이 아닌 이상에야 이만 한 숫자를 앞에 두고 달려들 리 없어. 거기다 본 종의 십영 중 무려 다섯 분이나 이곳의 천라지망을 지키고 있잖아?"

"하긴."

동료 무인도 그제야 고개를 끄덕였다.

십영 중 한 명만 있어도 웬만한 중소방파 하나는 손쉽게 멸문시킬 수 있는 전력이었다.

그런 십영이 무려 다섯이나 모여 있으니 제아무리 혈영사신이라도 이곳의 경계를 뚫고 지나가긴 어려울 터였다.

"혈승이시라면 모를까, 그 외의 사람이라면……."

바로 그때였다.

후욱―!

한 줄기 바람이 불더니 주변을 밝히던 횃불이 일제히 꺼졌다.

순간 찾아온 깜깜한 어둠 앞에 모두 당황하였고, 곳곳에선 얼른 횃불에 다시 불을 붙이라고 난리가 났다.

갑작스러운 소란에 사내와 동료 무인은 당황했다.

"이, 이게 무슨……!"

푸푹!

바로 그때, 방금 전까지 사내와 말하던 동료 무인의 몸이 허물어졌다.

그의 이마에는 웬 뾰족한 고드름 조각 하나가 깊숙이 박혀져 있었다.

갑작스러운 동료의 죽음에 당황하던 것도 잠시, 사내는 곧바로 호각을 불려고 했다.

서걱—!

하나, 그 전에 한 줄기 백광이 그의 목을 가르고 지나갔다.

"커, 커컥!"

핏물이 분수처럼 튀어나오는 목덜미를 매만지면서 쓰러지는 사내.

점점 빛을 잃어가는 그의 망막 위로 누군가의 모습이 흐릿하게 맺혔다.

주변의 칠흑같은 어둠보다 더 어두운 검신의 장검을 든 한 남자의 모습이.

그리고 그것이 사내의 생애 마지막 기억이었다.

第九章
정면돌파(正面突破)

차가운 얼음관.

그 주변으로 십여 명의 사람이 모여 있었다.

핏빛 도포를 입은 그들은 눈을 감은 채로 알 수 없는 말을 암송하고 있었는데, 그럴 때마다 얼음관 안으로 사이한 핏빛 기운이 응집되었다가 사라지길 반복했다.

그 과정을 묵묵히 지켜보던 혈의공자, 혈승이 중얼거렸다.

"아직인가?"

그의 중얼거림에 암송하고 있던 핏빛 도포인 중 유독 낯빛이 창백한 중년인이 말했다.

"예상보다 신녀의 저항이 거셉니다. 그녀의 심지를 완전히 제압하려면 조금만 더 시간이 필요합니다."

"자정까지 이제 반 시진도 안 남았다는 걸 잊지 마라, 적우자."

혈승의 서늘한 재촉에도 불구하고 중년의 도인, 십영의 한 명이자 혈교에서 가장 방술에 대해서 능통하다고 알려진 적우자(赤雨子)는 전혀 눈 하나 깜짝하지 않으면서 말했다.

"그리 재촉하다간 이도 저도 안 됩니다. 혈승께서도 아시다시피 지금 이 대법은 지극히 섬세합니다. 혹여 서두르다가 실수라도 한다면, 전부 도로 아미타불이 될 겁니다. 그래도 괜찮으시겠습니까?"

적우자의 은근한 타박에 혈승은 눈살을 찌푸렸다.

"지금 본좌를 가르치려는 건가?"

혈승의 차가운 물음에 적우자는 즉각 땅바닥에 엎드리면서 말했다.

"소신은 그저 욕속부달(欲速不達)의 우를 범하지 말자는 뜻으로 한 말일 뿐입니다! 부디 노여움을 거두소서."

말은 용서를 구하지만, 여전히 혈승의 서두름을 지적하는 모양새였다.

확실히 지금의 혈승은 평소의 느긋하고 방만하던 태도와

달리 너무 서두르고 있었다.

그럴 수밖에 없었다.

현재 성화의 오염도는 거의 극에 달한 상태였다.

현재의 신녀인 혈승의 누이가 성화의 폭주를 그럭저럭 막고 있다지만, 그것도 시간문제였다.

적어도 내년쯤에는 성화가 폭주할 거라는 예상이 지배적이었다.

만약 이번 시기를 놓친다면, 유세화를 제물로 바친다는 그의 계획은 완전히 어긋나고 만다. 그렇기에 혈승은 평소의 그답지 않게 서두르고 있었다.

그걸 혈승 자신도 잘 알고 있지만, 그래도 타인에게 지적받는 것이 썩 기분 좋을 리 만무했다.

적우자를 바라보는 그의 두 눈에 조금씩 섬뜩하기 그지없는 혈광이 피어오르려는 찰나였다.

두근!

갑작스러운 심장의 두근거림과 함께 혈승의 고개가 휙 돌아갔다.

'이건?'

멀리서 느껴지는 기운의 파동.

그것은 너무나 낯익으면서도 익숙한 것이었다.

다름 아닌 유세화의 정인이자 흑월에 있어서 가장 성가신 존재의 것이었다.

'혈영사신 그놈이……?'

혈승의 표정이 절로 일그러졌다.

아직 대법이 완성되지 않았는데, 벌써 이신이 나타나다니.

'하필이면 이런 순간에!'

혈승이 이를 까득 갈았다. 이에 엎드려 있던 적우자가 고개를 조심스레 들었다.

"혈승이시여? 갑자기 왜……?"

우우우우우우웅—!

적우자의 말이 채 끝나기도 전에 돌연 장내에 울려 퍼지는 공명음!

혈승과 적우자는 누가 먼저라고 할 것 없이 다급히 얼음관 쪽을 바라봤다.

그새 얼음관이 원래의 투명한 빛이 아닌 붉은빛을 머금고 있었다.

그와 함께 술자들이 주입하던 사기를 무서운 속도로 빨아들이기 시작했다.

얼마나 빠르냐면 술자들이 사기를 주입하는 것보다 얼음관이 그것을 빨아들이는 속도가 더 빠를 지경이었다.

그에 대한 여파로 술자들이 하나둘씩 쓰러지기 시작했다.

쓰러진 그들은 생기마저 다 빨린 듯 목내이가 따로 없을 지경이었다.

이에 적우자가 서둘러 그들의 빈자리를 채웠다.

그러자 얼음관의 붉은빛은 더욱 짙어졌고, 이에 혈승은 대법이 곧 있으면 완성될 거라는 확신이 들었다.

좀 전까지 초조와 짜증에 물들었던 게 거짓말로 느껴질 만큼 그의 입가에는 절로 미소가 지어졌고, 표정에서는 일말의 희열마저 느껴졌다.

물론 앞서 술자들의 희생 따위는 전혀 아랑곳하지 않는 모습이었다.

바로 그때였다.

"큰일입니다, 혈승이시여!"

갑자기 달려온 수하의 외침에 혈승은 대놓고 짜증 어린 표정을 지었다.

"이 중요한 순간에 이 무슨 경거망동이냐?"

"그, 그게 혀, 혈영사신이 습격해 왔습니다!"

"그거라면 이미 알고 있다."

앞서 이신의 등장을 감지한 그였다. 그럼에도 딱히 나서지 않은 것은 형산 주변을 에워싼 천라지망의 구성원의 면면이 만만치 않았기 때문이다.

혈종을 대표하는 열 명의 고수, 십영.

그중 무려 다섯이나 투입되었다.

개중에는 수장인 일영이자 자신의 심복인 목장홍도 포함되어 있었다.

물론 목장홍의 실력으로는 죽었다 깨어나도 입신경을 넘어선 이신의 상대가 될 수 없었다.

하지만 지금의 이신은 만전의 상태가 아니었다.

얼마 전 그는 다름 사람도 아닌 신창 우극명과의 일전을 치렀다.

더욱이 우극명은 무려 심상경의 절예를 구사할 수 있는 자였다.

심상경의 절예는 그 특성상 막대한 내력과 체력을 소모하게 마련.

그런 우극명과 싸우고 난 다음이라면 이신 역시도 꽤나 많이 지쳤을 터였다.

즉, 본신의 실력을 완전히 다 펼치기 어렵다는 소리였다.

그런 상태라면 굳이 혈승 자신이 직접 나서지 않더라도 목장홍을 위시한 십영 다섯 명이서 충분히 막을 수 있다고 볼 수 있었다.

혈승은 다시금 대법에 집중하면서 말했다.

"그놈이라면 십영들이 알아서 처리할 것이다. 그러니 방해말고 그만 물러가라."

하나 수하는 물러가지 않았다.

오히려 혈승이 전혀 예상치 못한 말을 내뱉었다.

"이미 십영 두 분께서 놈의 손에 쓰러진 상황입니다! 남은 십영 세 분께서도 언제 쓰러질지 모르는 상황입니다!"

"뭣?"

혈승의 표정이 처음으로 일그러졌다.

동시에 그의 눈에서 섬뜩한 혈광이 번뜩였다.

"보다 자세히 설명해라."

"크, 크으윽! 예, 옙!"

수하는 심장이 오그라드는 고통을 애써 참으면서 천천히 이야기를 시작했다.

* * *

'이게 어찌 된 일이지?'

목장홍은 자신의 눈을 의심하지 않을 수 없었다.

그의 앞에는 두 명의 남녀가 쓰러져 있었다.

여성은 무척이나 아름다운 외모의 소유자였는데, 기실 그건 껍데기에 불과했다.

그녀의 정체는 바로 수십 년 전 중원의 수많은 남성의 정기를 갈취한 것으로 유명한 흡정마녀(吸精魔女) 하영지였다.

그리고 그녀의 옆에 누워 있는 사내는 그녀 못지않은 악명을 떨쳤던 색혈귀조(色血鬼爪) 곽철이었다.

두 사람은 목장홍과 마찬가지로 십영의 일원이었다.

비록 개개인의 성정은 마음에 안 들지만, 대신 실력만큼은 확실한 자들이었다.

그렇지 않았다면 지난날 무림공적으로 한참 쫓겼을 때, 명운을 달리 했으리라.

한데 그런 그들이 사이좋게 바닥에 널브러져 있었다.

그들이 쓰러지는 과정을 처음부터 끝까지 지켜본 목장홍은 실로 어이가 없을 지경이었다.

'흡정마녀와 색혈귀조를 단 다섯 합 만에 쓰러뜨리다니.'

말석일지언정 그래도 화경급 고수인 그들이었다.

능히 무림십대고수의 반열에 속한다고 볼 수 있었다.

한데 그들이 단 다섯 합 만에 쓰러지다니!

심지어 앞서 세 합은 두 사람이 공격한 횟수였고, 정작 혼자서 그들을 상대한 이신은 그저 방어만 했을 따름이었다.

실질적으로 이신이 공격한 것은 마지막 두 합뿐이었고, 그것도 일 인당 한 번의 공격이었다.

즉, 결과적으로 보자면 다섯 합이 아니라, 고작 일 합 만에 쓰러뜨렸다는 게 보다 정확한 표현이었다.

거기서 그치지 않고, 이신은 남은 두 명의 십영과도 마저 검을 섞고 있었다.

언뜻 보기에는 이신 쪽이 수세에 몰린 듯하지만, 그의 움직임에서는 누가 봐도 여유가 느껴졌다.

반면 공세를 계속 이어 나가는 두 명의 사내, 삼영과 오영의 얼굴은 실로 심각하기 그지없었다.

당연히 여유라곤 눈곱만큼도 찾아볼 수 없었다.

지금 그들은 거대한 벽을 마주한 기분일 것이다.

암만 무기를 휘둘러도 과연 닿을지 말지 짐작조차 가지 않을 만큼 높디높은 벽 말이다.

목장홍은 그러한 기분이 뭔지 매우 잘 알고 있었다.

혈승.

그와의 첫 만남 때, 처음 마주하는 혈승의 거대한 존재감에 벌벌 떨었던 그때와 비슷한 기분을 느꼈으니까.

새삼 되살아나는 과거의 기억과 함께 그는 내심 경악했다.

은연중에 자신이 이신을 무려 주군인 혈승과 동일 선상에 놓고 있었음을 뒤늦게 깨달았기 때문이다.

'마, 말도 안 되는 소리!'

목장홍은 애써 자신의 생각을 강하게 부정했다.

그것이 되레 강한 긍정이라는 사실조차 미처 깨닫지 못한 채.

그러한 가운데, 두 십영의 공격을 피하며 막고 있던 이신의 움직임이 순간 달라졌다.

변화의 징조는 가장 먼저 공격한 삼영, 탈명마검(奪命魔劍) 교홍의 공격이 이신의 영호검과 부딪치는 순간에 일어났다.

"어엇!"

튕겨 나갈 줄 알았던 탈명마검의 공격이 자신의 의지와 상관없이 옆으로 향했는데, 절묘하게 그의 검첨은 뒤이어 공격하는 오영, 녹옥장마(綠玉掌魔) 전호의 인중을 향해서 날아갔다.

탈명마검은 서둘러 자신의 검을 멈추려고 했지만, 오히려 그럴수록 그의 공격은 더욱 빠르게 펼쳐졌다.

좀 전에 이신이 그의 공격을 흘리면서 암암리에 자신의 내력을 덧붙인 것이다.

그 결과.

"크윽!"

신음성과 함께 녹옥장마는 자신의 왼쪽 어깨를 부여잡았다.

가까스로 인중이 꿰뚫리는 것을 피했으나, 한쪽 팔을 못 쓰게 된 것이다.

장법이 특기인 그의 입장에선 본신의 실력을 절반밖에 펼치지 못하게 된 셈.

그 바람에 뒤이어 날아오는 이신의 공격에 미처 대비하지 못했다.

푹—!

"커억!"

녹옥장마는 미간이 꿰뚫린 채 뒤로 넘어갔다.

절명한 그의 시체를 뒤로한 채 이신의 검은 표홀하게 탈명마검을 향해서 날아갔다.

물론 탈명마검도 바보가 아닌 이상, 마냥 이대로 앉아서 당할 수만은 없을 터!

"으아아아아아—!!!"

기합성과 함께 그의 검에 붉은 검강이 피어올랐다.

동시에 영호검의 묵빛 검신도 백색의 강기를 둘렀다.

검강 대 검강의 싸움!

처음 맞붙었을 때는 박빙인 듯 보였으나, 이내 붉은빛이 백광에 그대로 집어삼켜 졌다.

서걱—!

그리고 탈명마검의 목도 그대로 날아갔다.

그렇게 녹옥장마와 탈명마검, 나름 일세를 풍미했다고 알려진 전대의 두 거마가 이신의 검 아래에 쓰러졌다.

심지어 그들의 명성은 앞서 쓰러진 흡정마녀나 색혈귀조 따위와는 비교도 할 수 없을 만큼 높았다.

그럼에도 그들 역시 앞서 두 사람과 마찬가지로 일검에 무너지고 말았다.

그건 이신의 신위가 이미 그들을 아득히 넘어섰다는 증거이기도 했다.

덕분에 홀로 이신과 마주하게 된 목장홍은 실로 난감하기 그지없었다.

현실적으로는 그 혼자서 이신을 감당하기란 역부족이었다.

이미 전대 일영, 광풍권마 원웅패도 이신의 손에 쓰러지지 않았던가.

당연히 그의 후임인 목장홍이 그를 상대할 수 있을 턱이 없었다.

하나 그럼에도 그는 망설였다.

지금 그에게는 실로 막중하기 그지없는 임무가 내려져 있었기 때문이다.

그것도 무려 혈승이 직접 내린 임무였다.

—대법과 의식이 모두 끝날 때까지, 혈영사신 그자를 붙잡고 있어라.

당시에는 혈승과 마찬가지로 그 또한 이신이 우극명과의 싸움 등으로 꽤나 지쳤으리라 여겼다.

그래도 혹시 몰라서 십영을 무려 네 명이나 동원했다.

나름 철저한 대비였다.

한데 그 결과, 아직까지도 이신이 건재하다는 사실만 두 눈으로 똑똑히 확인했을 따름이었다.

'어쩌지?'

예상외의 상황 앞에서 목장홍은 순간 갈등했다.

이대로 일대일로 이신과 싸우기보다는 차라리 모든 천라지망의 전력을 총동원하는 게 낫지 않을까?

쓰러뜨릴 수는 없을지언정, 적어도 시간 벌이는 될 터였다.

하나 아쉽게도 후자는 어렵다는 사실이 곧 밝혀졌다.

휘이이이잉! 쩌저저저적―!

"으아아악!"

"내, 내 발이……!"

"추, 추워……!"

사방에서 휘몰아치는 냉기와 얼음의 폭풍!

그 중심에 신수연이 서 있었고, 흑월의 무인들은 극심한 추위 속에서 그녀에게 한껏 유린당하고 있었다.

엄밀히 말해서 그것은 싸움이 아닌 학살에 가까웠다.

뭔가 공격을 하려고 해도, 그들은 신수연이 뿌려대는 한령마기의 냉기 때문에 이렇다 할 반격조차 제대로 할 수 없었다.

원래 사람은 대자연의 위용 앞에 무력해지게 마련.

신수연은 혹한 그 자체였다.

덕분에 목장홍은 그들을 이용해서 시간을 끈다는 선택지를 포기할 수밖에 없었다.

'하는 수 없군.'

뭔가 굳은 결심을 한 듯 입술을 앙다물려는 찰나였다.

"네가 궁마에게 신창을 공격하라고 했나?"

한 줄기 음성이 그의 귓전을 때렸다.

"뭐?"

이건 또 무슨 귀신 씨나락 까먹는 소리란 말인가?

애당초 질문 자체를 이해하지 못하는 그의 모습에 이신의 눈에 살짝 이채가 떠올랐다.

'역시인가?'

예상대로 목장홍은 궁마 위가진이 저지른 일과는 전혀 상관없었다.

상식적으로 생각해 봐도 그러했다.

차라리 우극명이 혈종이 아닌 화종 쪽 사람이었다면 목장홍이 이참에 경쟁 세력 측 사람인 그를 제거하려고 할 수는 있었다.

하나 엄연히 그는 혈승 휘하의 고수 가운데서도 최고였다.

그런 그를 단순히 개인적인 악감정만으로 제거하려고 한다?

말도 안 되는 소리였다.

그럼에도 우극명이 그리 여긴 것은 궁마 위가진이 따르는 이는 목장홍이었다.

당연히 그가 명령을 받고 움직였다면, 목장홍이 명령을 내렸다고 단정 짓기 십상이었다.

한데 지금 목장홍의 태도로 봐서는 그와는 전혀 무관한 듯한 모습 아닌가.

즉, 위가진에게 명령을 내린 이는 따로 있다고 봐야 했다.

'이환성, 그자겠지.'

딱 봐도 이번 일은 우극명과 혈승 측의 관계를 악화시키려는 것이 주목적이었다.

아니, 더 나아가서 혈승에게서 그를 빼앗아오려는 과정의 하나랄까?

과거 마교에서 이신에 대한 욕심과 집착을 드러내던 이환성의 성정이라면, 충분히 있을 수 있는 일이었다.

직접 싸워본 이신의 입장에서 봐도 그의 능력은 실로 놀랍고 탐이 났으니까 이해 못 할 일은 아니었다.

그러면서 동시에 깨달은 것은 이번 일과 관련해서 아무것도 아는 게 없다던 과거 이환성의 발언이 새빨간 거짓이라는 사실이었다.

'음흉한 늙은이. 역시 따로 선을 대고 있었군.'

생각해 보면 말이 안 되었다.

서로 경쟁하는 관계인 화종과 혈종인데, 각자의 세력에 자신들의 세작을 심어두지 않을 턱이 없었다.

거기다 이미 이환성은 스스로가 유가장의 세작으로서 활약한 전적이 있지 않은가.

그래 놓고서 내내 모르쇠로 일관하다니.

안 그래도 낮았던 이환성에 대한 신뢰도가 더욱 낮아지는 순간이었다.

그렇게 계속 이신이 말이 없자 목장홍이 말했다.

"갑자기 무슨 소리를 하는 것이냐? 궁마가 신창 그자를 공격했다니. 무슨 그런 말도 안 되는 소리를……."

"뭐, 내 착각이었던 모양이군. 그냥 대충 흘려들으라고."

"음!"

이신은 그리 말했지만, 목장홍 입장에선 쉬이 흘려들을 수 없는 말이었다.

애당초 목장홍이 궁마에게 내린 명령도 우극명과의 생사결로 지친 이신을 천강시마대를 이용해서 쓰러뜨리라는 게 다였다.

보고에 의하면 우극명은 이신과의 싸움에 패해서 죽은 것으로 되어 있었다.

지난날 광풍권마 때도 그러했으니 별다른 의심 없이 넘어갔다.

한데 알고 보니 궁마가 이신뿐만 아니라 같은 편인 우극명까지 공격했다?

도대체 무엇 때문에?

왜 그가 자신의 명령과 전혀 상관없는 짓을 멋대로 저지른 거란 말인가?

목장홍은 어렵지 않게 원인을 짐작해냈다.

'세작!'

나름 자신의 사람인 줄로만 알았던 궁마 위가진이 실은 딴마음을 품고 있었던 것이다.

'이런 어처구니가 없는 일이……!'

자신의 사람 보는 눈이 이리 없었을 줄이야.

미처 몰랐던 사실 앞에 내심 반성하는 것과 동시에 이번 일이 끝나고 난 다음에 필히 수하들에 대한 뒷조사에 착수하리라고 다짐했다.

물론 차후 그럴 기회가 그에게 주어진다면 말이다.

파팟—!

순간 시야에서 이신의 신형이 사라졌다.

사라진 이신의 신형은 목장홍의 머리 위에서 나타났지만, 그는 전혀 그것을 눈치채지 못했다.

그를 내려다보는 이신의 표정은 전에 없이 초조해 보였다.

'빨리 끝내야 한다.'

태연한 모습과 달리 앞서 십영 네 명을 상대로 선전한 이신이나 생각 외로 많이 지친 상태였다.

더욱이 녹옥장마 등을 상대로 할 때는 강기까지 시전한 터라 여러모로 부담스러운 상황.

하지만 목장홍을 상대로 그런 자신의 상황을 드러내는 건 더욱 안 될 일이었다.

해서 이신은 속전속결로 끝내기로 마음먹었다.

한편 목장홍은 시야에서 이신이 사라지자 적잖이 당황했지만, 그와 달리 그의 양손은 재빨리 전방위를 향해서 경력을 날렸다.

썩 나쁘지 않은 대응이었다.

이신이 어디로 나타나는지와 상관없이 모든 방위에서의 공격에 대처할 수 있었으니까.

스스로도 그리 여겼다.

하나 섣부른 판단이라는 것이 곧 밝혀졌다.

우우우웅—!

돌연 목장홍의 발이 지면 아래로 파묻혔다.

기묘한 공명음과 함께 그의 어깨 위에 드리운 무형의 압력 때문이었다.

심형살검식의 제사초식, 불망이었다.

그 특유의 검압은 단숨에 목장홍을 압박했다.

"크으윽—!"

순식간에 무릎까지 땅에 파묻힌 목장홍은 괴로운 신음성을 내뱉었다.

어떻게든 이 태산과 같은 무형의 압력을 떨쳐내고 싶었으나, 그의 능력으로는 역부족이었다.

오히려 내력으로 저항하면 저항할수록 압력은 더욱 거세졌다.

이대로 가다면 땅속에 생매장될 것 같다는 생각이 그의 뇌리를 스쳐 지나갈 때였다.

"한심한 놈."

귓가에 익숙한 음성이 울림과 동시에 목장홍의 어깨 위를 내리누르던 무형의 압력이 씻은 듯이 사라졌다.

그것도 모자라서 지면에 반쯤 파묻혔던 그의 몸이 저절로 바깥으로 빠져나왔다.

몸에 묻은 흙더미를 채 털어낼 겨를도 없이 목장홍은 가쁘게 숨을 몰아쉬었다.

"허억, 헉! 가, 감사합니다, 혈승이시여!"

그의 감사 인사에 뒷짐을 진 채 서 있는 혈의공자, 혈승이 짜증이 묻어난 얼굴로 말했다.

"이야기는 나중에. 지금 중요한 건 그게 아니다."

말을 마치기 무섭게 그는 머리 위로 가벼이 소맷자락을 휘둘렀다.

카캉—!

그러자 묵직한 쇳소리가 울리더니 신형 하나가 뒤로 물러났다.

신형의 정체는 다름 아닌 이신이었다.

그리고 방금 전의 쇳소리는 그의 검과 혈승의 소맷자락이 부딪친 소리였다.

이신은 말없이 수중의 영호검을 바라봤다.

좀 전의 충돌로 인한 여파가 아직 남아 있는 듯 묵빛 검신이 파르르 떨렸다.

그만큼 혈승이 소맷자락에다 주입된 내력이 방대했다는 반증이기도 했다.

애당초 소맷자락으로 검을 튕겨낸 것 자체가 일반적인 상식에서 벗어나는 일이었다.

하나 그렇다고 해서 마냥 이신이 밀린 것도 아니었다.

서걱—

혈승의 소맷자락 끝이 살짝 벌어지더니 이내 잘려져 나갔다.

흩날리는 천 조각을 보면서 순간 혈승의 눈에 이채가 떠올랐다.

그와 동시에 울림이 멎은 영호검을 고쳐 잡으면서 이신이 말했다.

"확실히 가체를 상대할 때와는 다르군."

그의 말에 혈승의 입꼬리가 비릿하게 올라갔다.

"너 역시 가체로 상대할 때와는 다르구나."

서로를 인정하는 말투.

하나 그것과 별개로 서로를 바라보는 두 사람의 눈빛은 마치 생사대적을 대하는 것처럼 살벌하기 그지없었다.

이미 담천기라는 매개체를 통해서 간접적으로나마 서로를 접했던 두 사람이다.

하나 그때와는 천지 차이였다.

언뜻 보기에 방만한 듯 보이는 혈승이지만, 그의 모습에선 일체의 빈틈을 찾아볼 수 없었다.

아니, 상당수의 빈틈이 보이긴 하되, 그것을 완전한 빈틈이라고 생각할 수 없다는 게 정확한 표현이었다.

그것은 먹이사슬의 최상위에 있는 맹수가 자신보다 약한 동물들을 상대로 내보이는 여유에 가까웠다.

그것을 방심이라고 착각했다간 단번에 목덜미가 물어뜯겨서 처참하게 죽을 수도 있는, 실로 위험한 함정이었다.

이신의 눈이 가늘어졌다.

'쉽지 않겠어.'

이신이 혈승을 살피듯, 혈승 또한 그를 살폈다.

그리고 금세 결론을 내렸다.

'만만치 않아.'

만약 그의 측근들이 이신에 대한 혈승의 평가를 들었다면 대번에 기겁했을 것이다.

후하다는 표현을 넘어서 그는 이신이라는 존재를 자신과 동급으로 여기고 있었다.

이유는 간단했다.

원래 사람이란 자신이 아는 만큼 보이게 마련이다.

무인 간의 실력 차를 논할 때도 그것은 어김없이 적용되는 사항이었다.

위에 있는 사람은 자신보다 아래에 있는 사람의 모든 걸 볼 수 있다.

하나 반대의 경우에는 아무것도 볼 수 없었다. 그저 어렴풋이 상대가 자신보다 높다고 짐작할 따름이다.

얼핏 들으면 불공평하지만, 그것이 엄연한 현실이었다.

그리고 지금 혈승의 눈에 이신이란 존재는 완전히 다 보이지 않았다.

그것만으로도 충분했다.

그가 이신을 만만치 않은 상대라고 여기기에는.

'하나…….'

혈승의 입꼬리가 슬그머니 올라갔다.

'많이 지쳤군.'

이것은 기회였다.

평소라면 설령 자신이라고 해도 애먹었을 상대를 손쉽게 처리할 수 있는, 그야말로 절호의 기회였다.

그렇기에 혈승은 결정했다.

탐색전이고 나발이고 없이 단숨에 그를 쳐 죽이기로.

화아아아아악—!

붉은 기운의 해일이 이신을 덮쳤다.

이전 담천기를 통해서 펼친 바 있는 혈염마공의 한 수였다.

하나 그때와는 차원이 달랐다.

이신은 혈염마공 특유의 사기를 인지했을 때는 이미 그의 몸이 붉은 해일에 절반쯤 침식당한 뒤였다.

'크으으윽!'

지옥의 아귀 떼가 달라붙어서 생자의 몸을 갉아먹으면 이런 느낌일까?

사기의 무분별한 침식으로 인한 고통을 적나라하게 느끼면서 이신은 서둘러 배화구륜공을 일으켰다.

그러자 그의 몸에서 새하얀 불길이 일어나면서 아귀 떼와 같은 혈염마공의 사기를 밀어냈다.

거기서 그치지 않고, 이신은 수중의 영호검을 빠르게 휘둘렀다.

좌아아악—!

한 줄기 절삭음과 함께 세상을 가득 채웠던 혈해가 일순 반으로 갈라졌다.

그 사이로 이신의 신형이 빠르게 튀어나와서 혈승을 향해서 쇄도했다.

좌좌좌착—!

순식간에 혈승의 눈을 어지럽히는 검광!

가까스로 그것을 피하는 혈승의 눈살이 절로 찌푸려졌다.

'저 검, 저게 문제구나.'

이신의 내력은 평소만 못 했다. 확실히 맥아리가 없었다.

하나 그가 구사하는 검초만은 예리하고 위협적이었다.

전에 장사평에서도 그는 이신의 검법에 제법 애를 먹었다.

그때는 그저 성화의 기운과의 상성이 문제라고 여겼는데, 이제 보니 검법 자체도 상당히 성가셨다.

아니, 성가신 걸 넘어서 사뭇 위협적이었다.

당장 혈염마공의 사기를 일검에 가른 것부터가 그러했다.

'혈염마공만으로 안 된다면…….'

혈승은 돌연 가슴팍 위로 두 손을 합장했다.

그러자 그의 양손에 핏빛의 기운이 맺히더니, 이내 검의 형상으로 바뀌었다.

그걸 본 이신의 눈이 커졌다.

'무형검!'

심검의 종류 중 하나이자 그 어떤 절세보검보다 더한 절삭력을 자랑하는 무쌍의 병기였다.

그 앞에서 강기 따위는 명함도 내밀 수 없었다.

놀라는 이신의 모습을 보면서 혈승은 뇌까렸다.

"본승이 익힌 십대마공 중 하나인 아수라파천검(阿修羅破天劍)이다. 어디 막을 테면 막아봐라."

이신의 얼굴이 순간 창백해졌다.

혈승은 같은 검법으로 대적한다는 식으로 말했지만, 누가 봐도 힘으로 자신의 검법을 짓누르려는 의도가 엿보였다.

이에 순간 이신은 갈등했다.

'팔륜을 개방할까?'

마음만 먹으면 언제라도 할 수 있었다.

하나 평소보다 지친 상태에서 여덟 개의 배화륜을 모두 개

방한다는 건 미친 짓이나 마찬가지였다.

그런 이신의 망설임 속에서 혈승은 수중의 혈검을 휘둘렀다.

그러자 하늘마저 쪼갤 듯한 기세의 혈광이 단숨에 이신을 덮쳤다.

피해야 했다.

하지만 그런 그의 생각을 예상하기라도 한 듯 무형의 인력이 이신의 몸을 붙잡고 놔주지 않았다.

절체절명의 순간!

이신은 이를 악물었고, 이윽고 그의 두 눈이 눈부신 백광을 머금었다.

"흐아아아아아압!"

끼릭— 끼릭— 끼리리리릭—!

비명과 같은 기합과 함께 그의 내부에서 톱니바퀴 돌아가는 소리가 미친 듯이 울려대기 시작했다.

배화륜의 회전음이었다.

그것도 무려 여덟 개의 배화륜이 동시에 회전하는 소리였다.

일순 이신의 이마 위로 실핏줄이 튀어나왔다.

갑자기 기하급수적으로 불어난 내력을 그의 기혈이 수용하기 어려워한다는 반증이었다.

제아무리 구륜의 경지를 바라보고 있다지만, 아직까지는 팔륜을 동시에 회전시키는 게 이신으로서도 심히 부담스러운 일이었다.

하나 어쩔 수 없었다.

이렇게라도 안 하면 혈승의 무형검을 감당해 낼 자신이 없었으니까.

평소라면 자신 역시 심검을 펼쳤을 터이나, 지금 이신은 우극명과의 일전으로 심검을 구사하기 어려운 상태였다.

오직 내력만으로 지금의 상황을 타파해야 한다는 소리였다.

무척 어려운 일이었지만, 팔륜으로 배가된 내력이라면 일순간이나마 심검마저 압도할 수 있었다.

그러한 도박 아닌 도박이 먹혀든 것일까?

이신의 신형에서 피어오른 순백의 광채가 정점에 이르는 순간, 혈승이 휘두르던 혈검을 그대로 증발시켰다.

순간 혈승의 눈이 커졌고, 이신의 좌수가 허공을 갈랐다.

파팡!

가죽 북 터지는 음향과 함께 혈승의 몸이 순식간에 뒤로 밀려났다.

거기서 그치지 않고 이신이 연이어 공격을 이어 나갔다.

"흐아아아아아악!"

퍼퍼퍼퍼퍼퍼퍽—!

연신 울려대는 격타음과 함께 혈승의 몸은 계속 뒤로 밀려났다.

그 광경을 본 목장홍은 차마 자신의 눈을 믿을 수 없었다.

'혈승께서… 밀리시다니!'

그것도 저런 무식한 공격에!

그렇게 끝없이 이어질 것만 같던 이신의 공격은 한순간의 정적과 함께 거짓말처럼 멈추었다.

그때까지 고개를 푹 숙이고 있던 혈승이 천천히 고개를 들었다.

그러자 그의 입가에서 한 줄기의 핏물이 흘러내렸다.

심검이 억지로 깨진 것에 대한 반작용과 이신의 연타를 무방비로 얻어맞은 것에 대한 충격 때문이었다.

명백히 이번 접전에서 혈승이 적잖은 손해를 입었다는 증거이기도 했다.

하나 굳은 표정과 함께 혈승의 입에서는 전혀 예상치 못한 말이 튀어나왔다.

"…어리석은 놈."

갑작스러운 이신에 대한 책망.

그 의미를 제대로 이해하지 못하고 있을 때였다.

"쿨럭!"

신음성과 함께 이신의 무릎이 바닥과 맞닿았다.

멀리서 신수연의 외침이 들려왔다.

"주군!"

하나 이신은 그 외침에 뭐라고 답할 수 없었다.

지금 그는 자신의 내부에서 그의 의지와 상관없이 연신 회전을 반복하는 여덟 개의 배화륜을 제어하기에도 버거웠으니까.

성공한 줄 알았던 도박은 안타깝게도 실패했다.

그의 전신은 이미 지렁이 같은 실핏줄과 그것이 터져 나가면서 흘러나온 핏물에 물든 지 오래였다.

이대로 놔두더라도 이신은 알아서 자멸할 터.

그 모습을 안타깝다는 표정으로 바라보면서 혈승이 말했다.

"아쉽구나. 이제야 제대로 싸울 수 있겠다 싶었거늘."

하나 어디까지나 아쉬운 것은 아쉬운 것으로 그칠 뿐, 승부는 내야 했다.

"이것은 내가 보내는 마지막 선물이다. 부디 고통 없는 최후를 맞이하도록."

최후의 통첩 같은 말과 함께 혈승의 좌수가 갈고리 모양으로 화했다.

그리고 이내 이신의 머리를 그대로 움켜쥐려고 할 때였다.

"그럴 수는 없소이다, 혈승."

바로 옆에서 한 줄기 노회한 음성이 들려온 것은.

『대무사』 10권에 계속…